AF589633

10,000 lettres d'impression pour 1 centime.

BIBLIOTHÈQUE POUR TOUS
ILLUSTRÉE
ROMANS. HISTOIRE, VOYAGES, LITTÉRATURE, SCIENCES, ETC.
CHAQUE OUVRAGE : 50 CENTIMES.

LA LESCOMBAT

PAR ROGER DE BEAUVOIR

Prix : 50 *centimes.*

60 CENTIMES POUR LES DÉPARTEMENTS ET L'ÉTRANGER.

PARIS
LÉCRIVAIN ET TOUBON, LIBRAIRES, RUE GIT-LE-COEUR, 10
ET CHEZ TOUS LES LIBRAIRES DE PARIS, DES DÉPARTEMENTS ET DE L'ÉTRANGER
N° 75. — Publié par J. Lemer.

BIBLIOTHÈQUE POUR TOUS

LA LESCOMBAT

PAR

ROGER DE BEAUVOIR

I

L'ARCHE DE NOÉ

La physionomie du vieux Paris n'est pas encore tellement effacée dans certains quartiers, qu'un observateur scrupuleux ne puisse en reconstruire çà et là les principaux traits. Tout ce que le dix-huitième siècle s'enorgueillissait d'avoir créé n'est point détruit; en plusieurs endroits seulement les noms ont changé. La révolution française elle-même a moins opéré de bouleversements, il faut se hâter de le dire, que l'industrialisme accapareur; le mot de *propriété nationale* a été moins funeste à la capitale que celui d'*alignement*. Les hôtels somptueux et les édifices de l'ancienne monarchie se sont défendus, non-seulement avec bonheur contre cette période sanglante, mais les plus humbles fabriques ont échappé, en plusieurs faubourgs du moins, à la transformation violente ou au marteau. Ainsi en est-il de cette sorte de restaurant vraiment étrange qui a pour enseigne aujourd'hui : *Au hasard de la fourchette*, et qui s'appelait, du temps de nos pères, l'*Arche de Noé*.

Il n'est pas un rapin ami de l'art, un oisif promeneur, ou quelque Nodier en herbe, jaloux de fouilles merveilleuses dans le vieux Paris, qui n'ait entendu parler de cet endroit. Cette gargote, située derrière l'arche Marion, rue Thibaut aux-Dés, ouvrait chaque matin ses trois portes tachées de graisse à l'appétit féroce des consommateurs. La figure respectable du père de la vigne, du patriarche Noé, que ses enfants durent couvrir un jour, par respect filial, de leur manteau, pendant son ivresse, s'épanouissait radieusement sur une planche peinte au-dessus de l'entrée; il y voguait dans son grand esquif de bois au milieu de soixante têtes d'animaux qui avaient mis tous le nez aux fenêtres de l'arche, et ne représentaient pas mal la foule des clients attablés au râtelier intérieur. La fumée épaisse qui s'échappait de ce lieu tout rempli de voix confuses donnait d'abord à penser qu'on devait faire grande chère dans la gargote; mais dès le seuil même on était désabusé, à la vue de deux chiens maigres rongeant quelques os d'un air piteux, cerbères vigilants toutefois, ne fût-ce qu'à voir l'anxiété perpétuelle de leur coup d'œil, dès que l'un des convives entrait ou sortait. Lorsque l'on s'était habitué peu à peu au brouillard et au tumulte de la gargote, on pouvait distinguer une salle longue, soutenue à son milieu par un pilier assez large, enclavé lui-même dans une table de dimension assez étendue pour contenir au moins cent couverts.

Par ce dernier mot, le lecteur conclurait sans doute que ces ustensiles nécessaires à tout repas devaient se trouver près de chaque assiette d'étain qui figurait sur la table; il n'en était rien pourtant, et les habitués s'en passaient, suivant l'usage établi de temps immémorial à l'*Arche de Noé*.

Aux parois de la muraille entièrement nue et recrépie en vingt endroits, étaient suspendus plusieurs couteaux retenus par une chaînette de fer; c'était là que les affamés s'en allaient couper leur pain. Près de cette muraille se tenait un nègre athlétique chargé de mettre le holà au moindre tapage, manière d'épouvantail pour tous ces oiseaux de proie, que sa seule vue devait évidemment contenir. N'oublions pas non plus que chaque plat se trouvait vissé fort solidement à la table, dont aucune nappe ne recouvrait le plancher huileux. Une marmite colossale, digne de Gargantua, en occupait le milieu. C'était dans ce gouffre que plongeaient vingt bras avides, armés chacun d'énormes piques de bois, allant à la conquête des morceaux avec d'épouvantables jurements. Les plus favorisés d'entre ces pêcheurs de viande ramenaient leur trouvaille sur leur assiette avec une dextérité merveilleuse, pendant que d'autres, moins heureux, accusaient le hasard ou la pénurie de la marmite. Pendant que cette première *dînée* avait lieu dans ce réfectoire nauséabond, d'autres prédestinés attendaient en dehors de l'*Arche*, en serrant dans leurs mains les quinze sous, prix habituel de ce banquet, bien préférable, selon eux, au *ragrat*, qui d'ailleurs était plus cher. Quant au nettoyage complet des assiettes, nous répugnons à dire qu'il était opéré par cinq molosses à jeun que détachait le nègre chargé de la police de cette taverne. La langue exercée de ces animaux rendait bien vite à l'étain sa première apparence de propreté.

Un dimanche du mois de décembre 1754, par une journée assez belle, une cohue nombreuse avait envahi de bonne heure, comme à l'ordinaire, l'*Arche de Noé*. Ce jour-là du moins les habits de ces convives, tous ouvriers pour la plupart, tranchaient joyeusement sur le fond noirâtre de la gargote. Quelques voix fêlées y écorchaient même à l'intérieur les chansons poissardes de Vadé. Un large broc de vin, payé par un maître maçon de la rue des Arcis, n'avait pas tardé à barbouiller les cerveaux; les chiens et les hommes étaient repus. Debout sur la porte d'entrée, le nègre Adonis, qui semblait lutter lui-même d'embonpoint avec la figure du gras patriarche, patron du lieu, regardait les passants d'un air de prince, s'inquiétant fort peu du bacchanal accoutumé que faisaient ces gens heureux. Deux heures venaient de sonner à Saint-Jacques-de-la-Boucherie, et plusieurs bourgeois, leurs femmes ou leurs livres d'heures au bras, passaient devant la gargote d'un air recueilli.

Parmi ces derniers, le regard intelligent du nègre en remarqua bientôt un qui examinait avec une attention inquiète les hôtes de l'*Arche de Noé* à travers les carreaux fumeux de la taverne; on eût dit qu'il cherchait quelqu'un. Il frappait du pied de temps à autre avec impatience, et s'écarquillait les yeux avec une ténacité qui prouvait assez son désir.

Vêtu d'un habit de velours brun, soigneusement poudré et brossé, ce personnage, dont le jabot et les manchettes paraissaient d'un point assez cher, brandit enfin sa canne à pomme d'ivoire sur le pavé, comme si l'aspect de quelque visage malencontreux eût produit chez lui une irritation subite... Il monta tout d'un trait les quatre marches qui menaient à la gargote, et sans entendre seulement Adonis qui lui demandait son cachet d'entrée, il s'en fut droit au maître maçon qui avait régalé du broc de vin sa bande d'ouvriers :

— Vous ici, maître Durand? dit-il en croisant les bras et avec un ton de colère, vous ici, quand le travail vous réclame! Je vous croyais à Passy, où l'on nous attend, vous et moi!

— C'est aujourd'hui fête, répondit maître Durand, et monsieur Lescombat doit bien savoir...

— Que lorsqu'on est payé double, monsieur Durand, et surtout lorsque l'on a donné sa parole...

— Pardienne! je me moque bien d'être payé double par votre M. Popelinière! Cela me rendra la jambe bien faite, quand ce Crésus-là m'aura mis ce soir quelques écus dans la main pour achever sa salle de spectacle! A-t-on idée de cela? bâtir en plein hiver une folie pareille, et à Passy!... D'abord, ce n'est pas moi, c'est ma femme qui a dit : — Monsieur l'architecte, Durand ira à Passy! Elle a pris cela sous son bonnet, voyez-vous, je la connais, elle est comme la vôtre, elle veut aller au Colisée sans moi! Mais, vive Dieu! nous sommes tous chrétiens de père en fils dans notre famille, et j'observe le dimanche en donnant l'exemple à mes maçons...

— Un joli exemple que vous leur donnez, maître Durand! N'avez-vous pas de honte de chopiner au lieu d'avoir le pied sur l'échelle! On doit représenter après-demain un opéra à Passy, chez M. de la Popelinière, et, vous le savez aussi bien que moi, sa salle de spectacle est loin d'être achevée. Je lui ai répondu de vous, et il faut que vous me suiviez...

— En voilà une, par exemple! Comment! monsieur l'architecte, vous ne concevez pas qu'on se repose le septième jour, comme Dieu, vous, qui pourtant n'êtes pas un fainéant, et vous vous brûlez le sang à faire des plans pour les riches! Jarni! vous êtes un bon enfant; tenez, on ne mange ici qu'à quatre sous, mais un verre de blanc que maître Durand vous offre de bon cœur...

— Impossible, Durand, je suis attendu; encore une fois, il faut que vous me suiviez, vous et les vôtres. Ces hommes ne doivent-ils pas, comme vous, recevoir une paie double? Je vous donne un quart d'heure... sinon...

— Sinon.. Vous nous laissez, n'est-ce pas? Eh bien! au revoir, monsieur Lescombat, et à demain.

En même temps, le maître maçon se versa lui-même une rasade copieuse en fredonnant un air entre les dents.

— Vous me refusez, reprit Lescombat, prenez-y garde! J'en connais d'autres qui ne sont pas loin, maître Durand, et si une fois je les emmène...

— A votre aise, monsieur Lescombat, rompez notre marché... Aussi bien pour mon compte je ne suis pas friand, voyez-vous, de travailler pour messieurs de la ferme! Un tas de corbeaux qui s'engraissent du meilleur de notre sang! Prenez Pierre Ledru, tenez, c'est l'homme qu'il vous faut pour votre M. de la Popelinière... Moi, j'ai le château de M. de Nicolaï où je travaille, j'ai M. de Penthièvre et quelques petits regains à Saint-Cloud. Bast! je possède encore du pain cuit sur la planche, voyez-vous bien, et malgré le goût de madame Durand pour la toilette, je ne me laisse point gruger par ma femme; entendez-vous, monsieur Lescombat? A bon entendeur salut, murmura le maître maçon en regardant ses ouvriers d'un air de triomphe.

A ces dernières paroles de maître Durand la physionomie de l'architecte s'était rembrunie, il le regarda avec des yeux où brillaient la rage et la colère.

— Sortez d'ici, lui dit-il en frappant la table de sa canne, nous allons à l'instant régler nos comptes! Il n'y a pas besoin pour cela de juré-expert!

— Grand merci, monsieur l'architecte, j'ai promis chopine aujourd'hui à mes Limousins, dont le plus grand nombre n'use pas de draps blancs, voyez-vous, car ils couchent tous ensemble sur la paille en faisant chambrée commune, pendant que vous et madame votre épouse, vous donnez à manger à des bourgeois dans votre hôtel... Dame! les maçons sont moins heureux que les procureurs et les architectes, sauf votre respect!

— Ce qui ne vous empêche pas, monsieur Durand, tout maître maçon que vous êtes, d'avoir employé du carreau de pierre de trois pouces d'épaisseur dans votre dernière bâtisse au pavillon de M. de Coigny, à Châteaublond; j'ai vu cette œuvre, monsieur, et bien que vous ayez mis le carreau debout de chaque côté du mur de manière à ce que les deux carreaux ressemblassent parfaitement à une pierre de taille pour tromper l'œil...

— C'est une imposture! s'écria Durand pourpre de colère. Ah! parce que vous travaillez pour les grands seigneurs, monsieur Lescombat, vous prétendez ravaler le pauvre monde! Vous m'accusez de *faire de la musique* (1), monsieur l'architecte? Sachez donc que ce n'est pas moi, mais bien Pierre Ledru qui a achevé ce pavillon de M. de Coigny à Châteaublond. J'avais un voyage à faire et je lui ai cédé cette besogne... Allez donc le chercher, vous, dont il se targue d'être le favori, le Benjamin!

— Oui, j'irai le chercher, reprit Lescombat, je l'instituerai en ton lieu et place; car pour toi je te chasse, je ne veux plus avoir de rapports avec un malheureux tel que toi! Je saurai bien le surveiller ce Pierre Ledru, mais il ne me résistera pas du moins! J'ai pleins pouvoirs de M. de la Popelinière, et quand il saura demain ta friponnerie...

— Halte-là! s'écrièrent en chœur les Limousins que maître Durand maintenait de l'œil pendant ce dialogue animé de part et d'autre. Monsieur du compas, vous venez d'insulter notre maître à tous, il faut que vous lui demandiez réparation!

— Silence! tas d'ivrognes, interrompit alors la voix tonnante du nègre Adonis, vous oubliez qu'on doit discuter paisiblement à l'*Arche de Noé!* Voyons, dignes enfants de la truelle, reprit-il bientôt plus doucement, mais en faisant décrire à un fort joli gourdin qu'il portait le plus persuasif des moulinets, expliquez vous dehors avec monsieur. Aussi bien, et malgré le vin si généreusement payé par maître Durand, il vous faut faire place nette, car voici la fournée de trois heures qui arrive.

Et, comme il finissait ce beau discours, entrèrent tumultueusement quarante à cinquante pendards qui remirent leurs cartes au *trésorier* Adonis. C'était le titre du nègre, et il faut croire qu'il en était fier, à voir la façon royale dont il donnait des ordres devant l'hôtelier lui-même, pauvre petit bossu qui le regardait faire comme un nain regarde un géant!

Cependant les maçons, précédés de maître Durand, s'étaient répandus devant l'*Arche de Noé*, en formant autour de l'architecte une horde très serrée. Echauffés par ce vin frelaté et par l'atmosphère du cabaret, ils ne demandaient rien moins que de le faire mettre à genoux devant leur amphitryon, qui accablait d'invectives le malheureux Lescombat. Sourds à la voix impérative de ce dernier, ils refusaient même d'ouvrir leurs rangs; l'architecte courait un danger d'autant plus sérieux qu'il était doublé par sa résistance. Bien que faible et chétif de sa personne, il allait, en effet, affronter de face les assaillants et se faire un passage avec sa canne, quand un jeune homme fondit sur ce groupe, l'épée à la main, en criant aux Limousins de s'écarter. Lescombat poussa un cri; il venait de reconnaître un des pensionnaires habituels de sa maison.

— A l'aide! s'écria-t-il, à l'aide, mon cher Mongeot, ils veulent m'assassiner!

Le jeune homme n'avait pas attendu ce cri pour distribuer çà et là des coups énergiques du pommeau de son épée parmi cette canaille. Il ne tarda pas à se voir secondé par les livrées bleues du guet de ce quartier, qui parurent au détour de l'arche Marion. Cette milice bourgeoise, nommée par dérision les *Soldats de la Vierge Marie*, sans doute parce qu'ils passaient dans l'esprit de la multitude pour ne pas aller plus à la guerre que les soldats du pape, fit son devoir avec bravoure; elle dissipa les moins rebelles et serra les menottes aux récalcitrants, ce qui s'appelait autrefois du nom charmant de *ganter*.

Pendant qu'on les conduisait au poste, l'architecte, dont les dentelles venaient d'être déchirées par ces furieux en plusieurs endroits, embrassa le jeune homme avec effusion; il pâlit en voyant qu'il était blessé à la main droite. Rassuré bientôt par son défenseur lui-même, il arrêta ses regards avec complaisance sur ce noble et doux visage qu'il avait à peine remarqué jusque-là, car Mongeot habitait sa maison de très fraîche date.

— Rue Garancière! dit-il au cocher du fiacre que les nombreux spectateurs de cette scène venaient de lui faire avancer.

II

LA PENSION DE MADAME LESCOMBAT

Le fiacre roula de son mieux. Pendant le trajet, l'architecte ne pouvait trouver assez de termes pour exprimer sa reconnaissance au jeune homme; il lui prenait les mains affectueusement en le nommant son libérateur.

— Voilà ce que c'est, mon cher Mongeot, qu'un bras fermé et vingt-deux ans! Hélas! je n'ai plus ce bras ni cet âge, moi, que l'étude et les soucis ont fait vieux de si bonne heure! Et cependant la résistance de ces misérables m'avait échauffé à un tel point!... Je n'irai point dîner à Passy; M. de la Popelinière attendra... Attendre! reprit-il après un instant de silence, les financiers connaissent-ils donc ce mot?

— Tout comme les autres, mon cher monsieur Lescombat; d'ailleurs, le dimanche n'est-il pas jour de gala à la pension? Nous avons à dîner votre ami d'Aquin, l'organiste du petit Saint-Antoine, et sa nièce, mademoiselle Blanche... Cinq couverts en comptant le vôtre qu'on mettra... Pourtant le vieux Gervais en a placé ce matin un devant moi...

— Pour qui donc? demanda l'architecte d'un air soucieux.

— Je l'ignore, ma foi, et j'allais vous le demander; à moins que ce ne soit pour cette madame de Godrecourt qui nous fait souvent l'honneur de venir nous ennuyer de ses grands airs, sous prétexte qu'elle est baronne, ou pour le gros abbé qui vous gagne si impitoyablement au trictrac! Serait-ce encore pour ce long gendarme Dauphin, que vous ne ferez pas mal d'empêcher de payer pension chez vous, car il regarde votre femme avec des yeux!... Il est vrai qu'ils la regardent tous ainsi... elle est si belle, si piquante! Un pareil trésor entre vos mains! Oh! vous êtes heureux, mon cher monsieur Lescombat!

— Heureux! murmura l'architecte en se renfonçant d'un air chagrin dans la voiture, ils n'ont tous que ce seul mot dans la bouche. Parce que la beauté de ma femme a passé en proverbe dans le quartier du Luxembourg, et que chacun s'écrie: « Voyez donc *la belle Lescombat!* » s'ensuit-il de là que ma tranquil-

(1) Ce délit punissable, en terme de coterie ou de maçonnerie, est appelé *faire de la musique*, par ressemblance des lignes et des espaces dans les papiers de musique. Le maçon enlevait ainsi, en ce temps-là du moins, au propriétaire la solidité de son mur et à sa bourse quatre livres dix sols sur six livres, chaque fois que se répétait ce vol du maçon *musicien*.

lité, mon bonheur?... Tenez, mon cher Mongeot, ne me parlez pas d'une femme qui ignore jusqu'au prix de ses dentelles, de ses robes!

— Elle se repose sur vous du soin de cette dépense... Un mari...

— Un mari, interrompit vivement Lescombat, doit se voir consulté par sa femme avant toutes choses. Madame s'est mis en tête de tenir pension et table ouverte, pour avoir sans doute compagnie sans mettre le pied dehors; elle arrange souvent dans mon salon même dix parties de jeu sans m'en proposer une. Elle a un clavecin pour elle et ses amis, mais ce clavecin devient muet quand nous sommes seuls. Je ne puis enfin entrer chez elle que sur la fin de sa toilette, et après avoir envoyé demander trois fois, avec les ménagements qu'exige la négociation la plus importante, si elle est visible. Du reste, elle me laisse libre de causer tout le jour avec son jardinier, de payer la dépense de la maison, son jeu, ses spectacles et sa toilette... Si vous ajoutez à cela qu'elle me demande un vis-à-vis!...

— Un vis-à-vis! mon Dieu, y a-t-il donc là de quoi tant crier? c'est très conjugal un vis-à-vis. Vous passez pour faire d'excellents marchés, mon cher monsieur Lescombat. On sait que votre talent, vos études... Enfin, bon an, mal an, vous gagnez dix mille livres...

— Et ma femme en dépense vingt! Hier encore, cette robe à bouquets, pour se faire voir en plein jour dans l'allée des Tuileries!... Comme si rien valait notre Luxembourg!... Tout le monde la regardait à votre bras, et moi j'en rougis pour vous lorsque je vous rencontrai. Vous aviez l'air d'un parent de province peu au fait de ses dépenses folles, d'un jeune homme fourvoyé qui donnait le bras à une coquette...

— Monsieur Lescombat!...

— Vous n'avez pas mon âge, et ne pouvez savoir combien de tels airs sont éloignés de ceux de la bonne compagnie. Tenez, moi, je suis le fils d'un simple bourgeois, je me suis fait tout seul un nom et une modeste fortune dans mon état; mais plus je fréquente les grands seigneurs pour qui je travaille, plus je vois leurs femmes laisser aux danseuses d'opéra cet attirail outré de richesse, cette affectation de toilette...

— Qui fait pourtant de madame Lescombat une des plus belles femmes de Paris! Vous êtes sévère, monsieur Lescombat. Si vous aviez pu entendre, l'autre jour, comme moi, ces demi-mots que laissaient tomber dédaigneusement de leurs lèvres ces mêmes grands seigneurs dont vous me parlez, et dont je hais le jargon plus que vous encore! C'était une nuée de papillons sur notre passage. Deux fermiers généraux, aussi épais que votre M. la Popelinière, m'ont salué, et un petit marquis m'a demandé poliment l'heure qu'il était. Moi, j'étais trop fier, trop heureux, pour leur répondre. La promenade, il faut le croire, m'a porté bonheur, car le soir j'ai reçu une lettre de M. de Croismare, gouverneur de l'École militaire, qui me prie de dîner chez lui dans cinq jours... Un protecteur que votre femme vous vaut déjà!

— Que voulez-vous dire?

— Que le gouverneur connaissait mon père; il s'est informé de mon adresse. Dès qu'il a su que j'étais le pensionnaire de madame Lescombat: « Il n'y a pas de jours, a-t-il dit, où l'on ne me parle de sa beauté et du talent de son mari. J'irai les voir tous deux en vous allant chercher au premier jour. » Tels sont les termes de sa lettre, et vous avez tort de reprocher à votre femme cette promenade aux Tuileries!...

— Je lui dois beaucoup, je le sais, reprit Lescombat. Une belle femme avance souvent les affaires de son mari; mais j'ai assez de commandes et de travaux sans me faire une enseigne de la mienne. Qu'elle renonce à ses dépenses, et nous pourrions faire une meilleure figure dans le quartier... Mais hier encore, j'ai reçu pour elle certains mémoires...

La voiture venait de s'arrêter, en cet instant, devant une porte cochère d'honnête apparence qui s'ouvrit bientôt pour donner passage à un vieux laquais en bas chinés dont les mains tremblantes essayèrent vainement de tourner le bouton de la voiture. Le jeune homme vint à son aide, et franchit lestement le marchepied en tendant la main à l'architecte. Tous deux entrèrent dans une pièce basse qui formait la salle à manger de la maison. Quelques plans au lavis, des vues de Rome et des bas-reliefs, suspendus à ses panneaux, des chaises en noyer et quelques miroirs à bougies, etc., en formaient l'ameublement. Gervais, le domestique, nettoyait la timbale d'argent de son maître, quand celui-ci lui demanda pour qui était ce cinquième couvert qu'il voyait.

— Sans doute pour quelqu'un qui devait remplacer monsieur, répondit le vieux serviteur; madame Lescombat pensait que vous dîniez à Passy.

— Et le nom de ce convive? reprit Mongeot.

— Toinette me l'a dit ce matin, monsieur, c'est quelque chose comme Santa-Crux ou Vera-Crux... un nom de Portugal, un étranger...

— Un étranger! murmura Mongeot en se parlant à lui-même; serait-ce celui qui nous suivait si obstinément aux Tuileries l'autre jour, et dont elle eût accepté la chaise, sans un signe de mécontentement que je lui fis? Je le reconnaîtrai, nous verrons bien.

— Tu en seras quitte, mon brave Gervais, reprit l'architecte, pour placer à cette table un sixième couvert... le mien... Oui, j'ai changé d'avis, et je vais, de ce pas, prévenir moi-même madame Lescombat.

— Il n'en est pas besoin, monsieur, reprit Gervais, la voici qui descend elle-même inspecter la table, car dans un quart d'heure je sonne la cloche... M. d'Aquin et sa fille sont déjà dans le jardin. Nos autres pensionnaires dînent aujourd'hui chacun de leur côté. Ce sera un vrai banquet de famille, mon digne maître!

— C'est bien, qu'on me laisse seul un instant dans cette salle... Mongeot, rends-moi le service de rejoindre le brave homme d'Aquin, et de te promener avec sa fille jusqu'à l'instant du dîner, moi, je veux causer quelques secondes avec ma femme... ici... pour affaires...

Mongeot obéit à regret, non sans échanger avec la belle personne qui entrait un coup d'œil d'intelligence.

C'était une femme de trente années environ, le port assuré, la taille svelte et bien prise. Sa stature était médiocre, mais chacun de ses membres avait des attaches aussi arrêtées de contour et de nervure que ceux de la Vénus grecque. Ses yeux étaient grands, noirs et très vifs; la blancheur de son teint éblouissait. Sa gorge, ses bras et ses mains paraissaient surtout d'une beauté rare (1). Un sourire qui lui était habituel donnait à sa lèvre quelque chose d'impérieux; elle avait l'air d'avoir la conscience de ses charmes. Pour faire ressortir sans doute le miraculeux éclat de sa peau, elle portait à peine de rouge. Des cheveux, d'une grande abondance, retombaient en flocons poudrés sur ses épaules dégagées de toute guimpe, et dont une mince dentelle de point festonnait les lignes pures. Une contraction légère et presque insensible nuisait seule à sa bouche entr'ouverte comme pour montrer des dents fort belles.

(1) Le plâtre de la Lescombat, modelé par elle dans sa prison, existe chez tous les mouleurs; mais sa main est devenue surtout l'ornement indispensable de tous les ateliers. Cette main, grasse, potelée, est frappée çà et là de fossettes exquises. Non-seulement elle ne fait point l'aile de pigeon, comme celle de presque toutes les femmes des dix-septième et dix-huitième siècles, mais les ongles en sont d'un galbe exquis, et se rapprochent d'une manière frappante de ceux de Catherine de Médicis.

Rien qu'à la voir, on devinait aisément chez elle un grand amour de domination; son abord intimidait.

Elle portait ce jour-là une robe de *faveur nuée*, couleur fort en vogue à cette époque. Parisienne dans toute sa toilette, elle avait affecté de n'y rien laisser paraître d'une bourgeoise. Des bracelets de perles serraient son poignet; des bagues d'un grand prix ornaient ses doigts. Son front étoilé d'épingles en diamants ne le cédait guère qu'aux pandeloques qui brillaient à ses oreilles. Non contente d'être belle, voulait-elle encore paraître riche? c'est ce qu'aurait pu faire supposer certain air de hauteur dans le geste et dans l'accent, une pose conventionnelle de grande dame. Evidemment cette femme ne se croyait pas née pour le joug quel qu'il pût être, celui de la misère surtout. Dissipée, galante, dépensière, elle comptait sur le culte de ses nombreux adorateurs comme on compte sur un revenu fixe, annuel, qu'aucun accident ne peut détruire. Douée d'une singulière souplesse d'esprit, elle était femme à mener de front quatre intrigues, et cela sans le secours ordinaire des filles de chambre, ces Iris vulgaires, ces Lisettes humiliantes. Mariée à un homme dont la vie studieuse recherchait l'ombre, elle aimait l'éclat; comme toute recluse, elle aspirait à l'air de la cour, aux frivolités, au luxe. Toutefois, sous cette enveloppe frivole, il n'était pas difficile de pénétrer un grand fonds de résolution. La haine, dans cette âme, devait rencontrer sa place comme l'amour, et ce masque hautain voilait à la fois la passion et l'artifice.

En apercevant Lescombat, elle ne put d'abord retenir un cri de surprise.

— Vous ici! dit-elle, vous que je croyais chez M. de la Popelinière!... Et dans quel état sont vos dentelles, bon Dieu! ne croirait-on pas que l'on vous a chiffonné tout à plaisir? Est-ce donc la peine d'avoir un mari pour qu'il vous revienne ainsi défait?

Lorsque l'architecte lui eut raconté en peu de mots son accident :

— Mais vous ne pouvez demeurer ainsi, reprit-elle; nous avons du monde. Je vais dire à Gervais de vous apporter un autre habit...

— Je croyais que nous devions être seuls, reprit Lescombat, et ce n'est pas pour d'Aquin et sa fille que j'irai faire toilette... La vôtre, je l'avoue, a de quoi me surprendre, madame, quoique depuis longtemps, à voir le désordre qui règne ici...

— Plaignez-vous donc! lorsque c'est pour vous que j'ai cru devoir inviter le seul homme qui soit en posture de vous être utile à la cour... le brillant chevalier de Vera-Crux, avec lequel je veux vous faire lier connaissance...

— Je n'aime pas les nouveaux visages, vous le savez. Celui-ci...

— Vous est inconnu, je le sais, et moi-même je me serais fait sucrupule de l'inviter, sans la conviction intime qu'il vous devient nécessaire... Vous êtes menacé, m'avez-vous dit, de perdre votre place au Luxembourg; le chevalier de Vera-Crux a ses entrées chez le ministre, et nul doute que par lui... D'ailleurs, il prétend payer pension chez nous, et m'a fait déjà remettre par son coureur le prix du premier trimestre... Vous allez le voir, et je vous conjure, dans votre intérêt...

Le bruit d'un carrosse, auquel se joignit bientôt celui de la cloche qu'on tintait pour le dîner, vint interrompre cette conversation, dans laquelle madame Lescombat n'avait pas eu de peine, on l'a vu, à tenir le dé. Moins ému encore de son accident que de la froideur de sa femme, l'architecte croyait rêver, lorsque le chevalier de Vera-Crux parut en s'annonçant dès l'entrée par un nuage de poudre... En même temps, les trois autres convives qui devaient faire partie de ce dîner mirent le pied dans la salle. Blanche d'Aquin était toute pâle; elle se hâta de montrer en entrant à madame Lescombat la blessure légère que Mongeot avait reçue au bras dans la rixe, et que le jeune homme s'efforçait pourtant de cacher.

— N'est-il pas vrai, madame, qu'il lui faudrait mettre là-dessus un autre bandage que ce mouchoir? Eh! mais, c'est le vôtre, ajouta-t-elle en voyant les chiffres qui s'y trouvaient brodés, et que madame Lescombat n'eut pas de peine elle-même à reconnaître. Une égale rougeur colora subitement ses joues et celles de Mongeot; mais l'architecte ne s'en aperçut pas, absorbé comme il l'était dans l'examen du nouveau venu, qui, placé près de sa femme vis-à-vis de lui, venait de déployer sa serviette après une foule de propos galants débités en masse à sa voisine.

Ce personnage au teint basané se carrait alors dans un frac de velours bleu, orné d'assez belles almarges. Il était poudré sans doute par un chamberlan gascon, car la hauteur de son toupet *à l'escaladé* semblait vouloir menacer le ciel. Un énorme rubis balai qu'il portait à son index accusait la prétention de sa main qui n'était pourtant que fort commune. Ses deux chaînes de montre paraissaient composées de diamants d'une belle eau. Pour sa tabatière d'or, il l'avait tirée assez négligemment de sa poche de gilet, et commençait à s'en barbouiller le nez agréablement, lorsque maître d'Aquin rompit le premier ce froid silence, préliminaire habituel de tout repas, en demandant à l'architecte de nouveaux détails sur son aventure. Cette question dégagea subitement la langue du chevalier, qui venait d'avaler silencieusement une belle lampée de potage.

— Qu'est-ce que j'apprends, monsieur? Des misérables ont osé s'attaquer à vous! si j'avais été là, je les eusse fait bâtonner par mon coureur! Il n'y a donc plus de police! S'en prendre à un médecin, passe encore, mais à un architecte, à un homme de goût qui fait, m'a-t-on dit, des choses miraculeuses! On parlait, il n'y a pas cinq jours, devant moi, d'un certain hôtel de M. le marquis de l'Écluse, construit, je crois, par un de vos confrères dont le nom n'a pas encore transpiré dans le public...

— L'hôtel du marquis de l'Ecluse!

— Certainement, vous le connaissez peut-être...

— Moi? non, j'ai seulement entendu parler... il paraît que c'est un chef-d'œuvre du genre, un palais féerique, une invention d'un goût...

— Un colifichet et pas autre chose, m'a-t-on dit; les grands seigneurs, vous devez le savoir, monsieur, continua Lescombat visiblement embarrassé, ne veulent plus aujourd'hui de grands hôtels. Il leur faut des bonbonnières...

— Oui, mais celle-ci, poursuivit le chevalier en s'acharnant à son dire, celle-ci contient des dragées amères pour une femme... Figurez-vous, mesdames, qu'en poussant seulement un bouton de porte...

— Mon Dieu, ne parlons pas architecture, monsieur le chevalier, il n'en est que trop question ici, et cela n'intéresse que ceux du métier...

— Si fait, si fait, se hâta d'objecter madame Lescombat, ce que M. le chevalier nous racontait de cette invention... C'est singulier, continua-t-elle en se tournant vers son mari, vous ne m'aviez jamais parlé de cet hôtel. Vous dites donc, chevalier?...

— Que je n'ai point vu le cabinet du marquis, mais que les indiscrets s'en amusent. Imaginez-vous que ce pauvre marquis a l'infirmité d'être jaloux; il prétend s'assurer un jour par ses yeux... Ah! mais c'est trop comique, parole d'honneur! et j'aime mieux vous lire la description...

— Quelle description? interrompit l'architecte plus que jamais embarrassé...

— Eh! par la sambleu! mon cher monsieur Lescombat, celle du *Mercure de France*... il y est question...

— *Le Mercure de France!*

— Dame! lisez vous-même, reprit le chevalier, en tirant de sa basque d'habit un numéro encore frais de cette feuille.

— Oh! donnez, de grâce, chevalier, donnez, de grâce, fit la Lescombat en s'emparant du journal. Mon mari, je ne sais pourquoi, ne nous a pas fait part de ce succès d'un confrère...

— Et c'est étonnant, s'écria d'Aquin; lui qu'à coup sûr on n'accusera pas d'envie...

Madame Lescombat s'empressa de lire l'article à voix haute. Il y était question d'un prodige d'architecture opéré dans la maison du marquis de l'Écluse, chez qui, non-seulement des coupes savantes et ingénieuses avaient économisé le terrain, mais dont le moindre appartement, distribué et tourné comme une coquille ronde et polie, possédait une foule de ressources et même d'issues cachées à tous les regards, hors à ceux des intéressés. L'espionnage conjugal y avait été secondé à un tel point, qu'au moyen d'un simple bouton secret, on faisait tourner subitement sur un pivot rapide une partie de l'appartement, qui se trouvait ainsi transportée dans l'autre pièce. Des escaliers invisibles, des planchers agiles qui pouvaient monter ou descendre à volonté; des échos que nul ne pouvait soupçonner et qui rapportaient fidèlement les paroles, complétaient cette œuvre de patience et d'adresse, dont plus tard la maison de madame Thélusson offrit un parfait modèle.

— Aurait-on, je vous le demande, imaginé cela il y a deux cents ans? s'écria le chevalier. L'architecture fait aujourd'hui des progrès qui rappellent vraiment la mise en scène de l'Opéra! Je lui en veux seulement d'être à ce point complice des maris!

— Je veux voir dès demain l'hôtel du marquis de l'Écluse, reprit madame Lescombat : mon mari ne peut me refuser ce plaisir...

— Impossible, ma chère : le marquis a seul la clef de ce cabinet impénétrable à tout autre qu'à lui...

— Et à sa femme sans doute, murmura ironiquement le chevalier. Je félicite Paris, monsieur Lescombat, de ce nouveau genre d'architecture... J'étais las, pardieu, de voir des colonnes, encore des colonnes, partout des colonnes! c'est bon pour l'Italie, mais en France!

— Nous assures-tu que ce lapereau n'est point de bois? reprit d'Aquin en montrant à l'architecte le plat qui décorait le milieu de la table. Il a de si belles couleurs, et tes confrères et toi, vous êtes si grands sorciers!...

Pour toute réponse, l'architecte, devenu rêveur, fit signe à Gervais de passer le plat à l'organiste. La révélation que le chevalier venait de faire semblait l'avoir mis à la torture. Il se hâta de couper court aux réflexions en accusant Mongeot de ne faire honneur à aucun mets, et en lui demandant ce qu'était devenu son appétit.

La contenance du jeune homme à ce dîner avait, en effet, de quoi le surprendre. Depuis un quart d'heure, Mongeot n'avait pas dit une parole, se contentant de remplir silencieusement, de temps à autre, le verre de mademoiselle Blanche d'Aquin, fort jolie personne de dix-huit ans, qui le regardait elle-même à la dérobée avec un sourire mélancolique... La présence de Vera-Crux avait fait sur lui une étrange impression de surprise. Il n'avait pas eu de peine à reconnaître en lui le galant qui avait offert sa chaise aux Tuileries à madame Lescombat. Le ton du chevalier n'avait pas tardé à lui déplaire; ce convive en habit brodé, et son coureur à moustaches qui lui présentait à boire, lui paraissaient une anomalie choquante à cette table modeste, qui n'avait guère réuni jusque-là que d'humbles figures d'étudiants ou de vieux chevaliers de Saint-Louis, tous goutteux pour la plupart. Les manières de Vera-Crux étaient grandes, et il devait être un homme à la mode, à en juger par tous les noms qu'il citait, en assaisonnant ses propos de tout le joli *verbiage* du jour.

— Nous avons fait jeudi une partie charmante au Vauxhall, disait-il en regardant madame Lescombat; le marquis de Lauraguais y avait un carrosse du dernier beau.

Et comme elle le pressait de manger :

— Excusez-moi, madame, répondit-il, mais je soupe tous les soirs en ville. Oui, nous avons trouvé plaisant de nous réunir quatre ou cinq étourdis après le feu d'artifice de Torré (1), pour causer et tuer le temps. Moi, d'abord, je ne suis pas désœuvré. J'ai crevé, l'autre semaine, un cheval pour aller à Versailles demander au ministre la grâce d'un ami menacé de la Bastille. Aussi, ne m'épargnez pas, mon cher monsieur Lescombat, et si je puis vous être bon à quelque chose...

Pendant ces discours du chevalier, dont la femme de l'architecte se gardait bien de perdre une parole, l'anxiété de Mongeot semblait s'accroître. Cet officieux protecteur avait beau lui imposer, par son éclat, une considération machinale, il commençait à le détester cordialement. Le chevalier s'épuisait devant lui en prévenances, en agaceries marquées pour la maîtresse de la table; d'Aquin et Lescombat avaient cependant fini par lui trouver l'air de cour, tant il est facile à un roué d'éblouir des natures simples; et d'ailleurs, à cette époque, les principes de la fatuité étaient devenus, en France, une doctrine perfectionnée. La façon dont Vera-Crux parlait le français donnait à ses saillies un cachet particulier. Il estropiait les mots avec une effronterie charmante; à certaines tables, on le trouvait aussi amusant qu'un perroquet. Il parlait de courses, de spectacles et de chevaux; du Paris d'alors, ce Paris doré, opulent, de la vieillesse de Louis XV, où le plus vieux courtisan croyait durer autant que le prince. Habitué sans doute à ne jamais s'étonner, il n'avait marqué aucune surprise à la vue de cette table patriarcale, où le vieux d'Aquin servait d'écuyer tranchant, où les regards brillants de madame Lescombat ne semblaient guère tomber que sur lui. A la fin du dîner, il lui sembla découvrir pourtant un colloque muet, actif, entre les yeux de Mongeot et ceux de sa belle hôtesse; le chevalier prit texte de cette remarque pour considérer le jeune homme...

Il demeurait assis près de mademoiselle Blanche d'Aquin, dans un silence tel, que rien, jusque-là, n'avait pu l'en faire sortir. Cachant sa main blessée dans son gilet, il interrogeait avidement chaque geste de la maîtresse de la maison, de l'air dont un médecin examine son malade. Il fallait sans doute que cette femme eût sur lui un empire réel de fascination, pour qu'elle concentrât de la sorte le regard et l'attention du jeune homme... Il avait à peine essayé de quelques plats, jouant sur la table avec ses doigts, ou versant à boire indifféremment à ses voisins et sans qu'ils en demandassent. A ces symptômes, qui n'échappèrent pas à Vera-Crux, il reconnut bien vite à qui il avait affaire.

— Quelque amoureux en herbe, pensa-t-il, quelque hobereau de province ou un écolier qui se donne des airs de jaloux!... Cela ne doit pas être bien difficile à réduire, et d'ailleurs, à son habit, il ne me paraît guère gentilhomme... Allons, un dernier coup pour emporter d'assaut ce cœur qui ne demande qu'à céder!... Almanzor, dit-il à l'oreille de son coureur, apporte-moi l'écrin que tu trouveras dans la poche de ma voiture.

Et dès que le coureur fut de retour :

— Il est d'usage, je crois, de payer sa bien-venue dans la pension, reprit-il. M. Lescombat me permettra-t-il d'offrir à madame ce collier indigne d'elle, à coup sûr?...

(1) Torré était un artificier italien. Il avait obtenu la permission d'établir un spectacle pyrrhique dans un emplacement près le magasin de la ville, sur les boulevards de la porte Saint-Martin. L'emplacement était très grand et contenait plus de douze cents spectateurs.

En même temps, il déploya aux yeux éblouis de son hôtesse une assez belle parure qui reçut bientôt l'approbation de tous les convives, à l'exception de Mongeot, qui détourna la tête dédaigneusement. Madame Lescombat rougit; pour l'architecte, il crut devoir se contraindre, tant l'assurance de Vera-Crux lui en imposait. Le dessert venait d'être apporté, et par les trois fenêtres de la salle à manger on pouvait apercevoir un jardin de quelques toises dont les murs trop rapprochés étaient habilement cachés l'été par des massifs dégarnis de feuilles à cette heure. Le chevalier fit tomber adroitement la conversation sur Passy et la maison de M. la Popelinière, où ses chevaux le conduiraient en moins d'une heure.

— Vous pourriez ainsi vous excuser vous-même d'un retard involontaire, dit-il à Lescombat, et madame y gagnerait le plaisir d'admirer un bel endroit... Les spectacles du fermier général seront bientôt fort courus; mais nous ferons en sorte qu'il ne confisque pas madame au profit de son théâtre de société.

Le but de cette promenade servait trop les intérêts de l'architecte pour qu'il ne fermât pas les yeux sur le seul motif de vanité qui pût déterminer Vera-Crux à promener ainsi une belle femme dans son carrosse. Pour madame Lescombat, elle ne se sentait pas d'aise, car elle attendait ce soir même la visite de plusieurs voisines, entre lesquelles devait se trouver madame de Godrecourt, qu'elle espérait bien écraser du poids de son triomphe; peut-être aussi entrevoyait-elle alors dans le Portugais tout un avenir de fortune... A peine avait-elle regardé Mongeot pendant le dîner, tant ce nouveau soupirant l'avait occupée. Nourrie de la lecture des romans, elle avait toujours rêvé un prince, et si Vera-Crux n'était que chevalier, du moins devait-il jeter l'or à pleines mains. Ce titre d'étranger, qui séduit quelquefois mieux que des bourgeoises, avait fait sur elle une merveilleuse impression. Quand elle se leva de table, le coup d'œil de Mongeot ne la fit pas chanceler comme autrefois; elle le soutint avec une hardiesse calculée. Son mari ne l'accompagnait-il pas, et ne serait-elle pas à l'abri de la médisance et des reproches, tout en donnant carrière à son caprice?

Les pensionnaires habituels de la maison se répandirent bientôt à sa suite, comme autant de mouches importunes, dans le salon où l'on servit le café. Quand madame de Godrecourt entra soutenue au bras du gros abbé qu'elle traînait toujours à sa remorque, et qui venait faire, comme d'habitude, sa partie de trictrac avec l'architecte, Vera-Crux éprouva, en la voyant, un tressaillement singulier.

— Vous connaissez cela? dit-il à madame Lescombat en se penchant à son oreille.

L'équipage était prêt; le chevalier présenta sa main à la divinité de la pension. Quand elle se retourna comme par remords et pour trouver un regard de Mongeot, le jeune homme avait disparu...

— L'abbé, dit Lescombat à son partner étonné, je vous laisse avec mes hôtes, je ne ferai pas ce soir votre partie.

— Embrassez-moi du moins, ma belle marraine, fit Blanche avec une petite moue charmante. Quand on part en voiture, on ne doit point oublier ses amis à pied.

Les lèvres de l'hôtesse effleurèrent le front pur de la jeune fille, puis, jetant sur la baronne de Godrecourt un regard où se peignait l'orgueil du succès, elle partit bientôt emportée, ainsi que Lescombat, par les chevaux fringants de Vera-Crux.

III

L'AVEU

Retiré dans sa chambre, Mongeot n'avait perdu aucun des détails de ce départ. Pour la première fois son cœur saignait. lui seul sentait le poids de cette humiliation. La présence de l'architecte au dîner l'avait seule contenu. Il craignait de faire un éclat à cette table. Quand il n'entendit plus le roulement du carrosse sur le pavé, il se sentit prêt à défaillir, le désespoir venait de briser ses forces.

— Elle ne m'a pas même demandé des nouvelles de ma blessure! dit-il en se promenant à grands pas, et en fixant le parquet d'un air égaré. Maudit soit le jour où j'ai mis le pied dans cette maison! Parce que je suis pauvre et que cet étranger a de l'or, il a conquis d'un seul coup ma place... il l'éblouit, il l'enlève! Ah! le seul malheur que je puisse souhaiter à cet homme, c'est de le voir quelque jour aussi passionné que moi! Mais quel est-il, mon Dieu, quel est-il, et comment a-t-il pu si vite lever tout obstacle pour s'introduire en cette maison? Voudrait-il m'enlever un cœur dont, grâce à mon silence, à ma discrétion... Chevalier de Vera-Crux, nous nous quitterons désormais aussi peu que les doigts de la main! Pourquoi cette épée, continua-t-il en s'arrêtant, ne s'est-elle pas croisée contre la sienne au lieu de délivrer l'époux qui lui pèse et qui viendra toujours se placer entre elle et moi?

Il s'était assis le coude appuyé sur une petite table dont il ouvrit bientôt le tiroir. Dans ce tiroir soigneusement fermé était un portefeuille sur lequel Mongeot jeta un triste regard.

— Ses lettres! murmura-t-il, ses lettres! oui, ce sont bien là les mensonges qu'elle m'écrit depuis trois mois! Se jouer de moi qui l'aime comme on aime Dieu, de moi, pauvre enfant prêt à lui obéir en tout! Allons, c'est bien fini, je vais écrire à M. de Croismare que je suis prêt à entrer à l'Ecole du génie. Oui, je quitterai cette maison, je partirai... mais non sans lui écrire, non sans lui reprocher une dernière fois... C'est cela, finissons-en, épanchons notre âme dans cet adieu; demain à son réveil la perfide verra du moins...

Et il venait à peine de prendre la plume, quand une toux légère retentit sur le palier, et on frappa deux coups à sa porte. Mongeot se leva : c'était l'organiste qui entrait.

— Vous nous fuyez donc, mon jeune ami? lui dit affectueusement d'Aquin, et cela pendant que madame de Godrecourt nous reste sur les bras!... Imaginez-vous qu'après le départ du chevalier...

— Après son départ? interrompit Mongeot violemment, eh bien! que se passa-t-il de nouveau après son départ?

— Rien que de très ordinaire chez madame de Godrecourt; elle s'est trouvée mal en le voyant monter en carrosse... Conçoit-on cela? des vapeurs, le dépit de ne pas être de la partie...

— Elle connaît donc ce chevalier?

— Non pas, que je sache; cependant ce sont de ces mots entrecoupés qui feraient présager, ma foi, une ancienne liaison... Comment disait-elle donc, en respirant le flacon de sels que ma nièce lui présentait? Attendez un peu. Oui, c'est cela : « Arrêtez-le!... perfide... monstre!... » et je ne sais plus combien d'autres jolis noms... Moi, cela m'amusait, parce qu'en qualité d'organiste je ne vais jamais à la comédie, et celle qu'elle nous donnait avait de quoi nous distraire, quand tout d'un coup elle a jugé prudent de revenir à elle et de clore la bouche; de sorte qu'à présent c'est une statue, un terme : le gros abbé lui-même ne peut tirer d'elle aucune parole.

— Voilà qui est étrange, reprit Mongeot; voulez-vous que je me charge...

— De l'interroger? gardez-vous-en bien, elle vous répondra comme à ma nièce : *C'est une syncope, la chaleur!* La drôle de femme! elle vous roule des yeux!... J'ai cru voir un jour le diable en personne qui touchait de l'orgue à côté de moi pour me narguer; mais, Dieu me pardonne, il était moins laid.

— N'importe, mon cher d'Aquin, il faut rejoindre ces dames au salon... Je vais, de ce pas...

— Permettez, mon jeune ami, je venais moi-même vous demander un instant d'entretien. Oui, continua l'organiste en le fixant, votre tristesse étrange ne m'a point échappé à table, mon cher Mongeot, et comme j'en sais la cause...

— La cause? demanda le jeune homme d'un air surpris, qui a pu vous dire?...

—Mon expérience, Henri. Croyez-vous que Blanche ait moins de tristesse que vous? Pauvre petite, elle ne cessait pas de vous regarder à dîner. Dame! mon cher enfant, cela est tout simple, n'est-ce pas à moi que votre vieux père vous avait recommandé en mourant, et n'est ce pas moi qui vous reçus, il y a trois mois, à votre descente du coche? Vous étiez rose comme un séraphin de notre paroisse, et dès qu'elle vous vit, ma pauvre Blanche ne put s'empêcher de me dire tout bas : — Mon oncle, vous avez là un protégé qui vous fait honneur. Tout cela était bel et bon : mais voilà qu'un jour je vous mène en visite chez mon ami Lescombat, et crac! parce que vous voyez un beau jardin, une table meilleure que la mienne, vous nous abandonnez, ingrat, vous nous quittez, le tout en prétendant que vous m'êtes à charge, comme si le fils d'un ami n'était pas l'orgueil et la consolation de mon toit! Tenez, monsieur Mongeot, continua l'organiste en s'essuyant les yeux du revers de sa manche, c'est mal ce que vous avez fait là, c'est très mal! Blanche et moi, nous vous aimons tant!

Mongeot voulut répondre, mais le chagrin qui l'oppressait l'en empêcha. Le vieillard poursuivit en serrant la main du jeune homme entre les siennes :

— D'autant que vous ne savez pas, vous, ce qu'il en est advenu pour la pauvre Blanche! Vous parti, adieu tout repos, son clavecin et ses plantes l'ennuyaient. Vous n'étiez plus là pour lui dire : — Blanche, dites-moi ce morceau, ou bien encore : — Blanche, dites-moi le nom de cette fleur! Je sais bien que son jardin suspendu n'avait que trois pieds, c'est vrai; mais votre petite chambre a-t-elle donc jamais manqué, chez nous, de se voir fleurie avec l'aube, tandis qu'ici... à présent...

Et d'Aquin promena un regard triste sur la nudité de cette pièce. Quelques cartes géographiques, une table de noyer et un lit en composaient tous les meubles. L'épée du jeune homme reposait sur un fauteuil auprès d'une paire de pistolets... La fenêtre de cette chambre ne donnait pas même sur le jardin. En considérant de plus près le visage de Mongeot, l'organiste crut y découvrir les traces d'un chagrin profond, d'une lutte active et sourde. Ce n'était déjà plus le jeune et frais Bourguignon auquel il avait tendu les bras de si bon cœur à son arrivée : un air égaré, distrait, avait remplacé peu à peu chez lui sa naïve insouciance; on eût dit une fleur étouffée par l'atmosphère d'une serre brûlante. Il y a sans doute dans la vie d'étranges prédestinations, car ce jeune homme semblait alors sous le poids d'un de ces malheurs que nulle science humaine ne peut prévoir, ni comprendre. Par contre-coup aussi, d'Aquin se trouvait un de ces hommes simples et modestes qui n'ont point passé par les orages du cœur; il n'aperçut qu'une blessure légère là où il y avait un chagrin amer, absorbant. Témoin journalier de la tristesse de Blanche, et de la sauvagerie de Mongeot, il crut que l'un et l'autre s'évitaient parce que le bonheur leur semblait manquer aux ailes d'un pareil amour.

— Mais c'est que ma nièce est riche, reprit bientôt le bonhomme; mon frère, un digne marguillier de Saint-Eustache, ex-procureur au Châtelet, ne lui a pas laissé moins de dix mille livres de rente... Et dix mille livres, cher enfant, c'est ce que M. Lulli, vois-tu, n'a pas laissé; sans cela, peut-être, on eût pu solder ses dettes... Avec ce que tu gagneras de ton côté dans ce corps d'élite du génie où je brûle de te voir entrer... avant que tu sois mon gendre...

Ce dernier mot parut tirer le jeune homme de sa rêverie... Il promena sur le respectable vieillard son œil bleu voilé d'une indicible tristesse, et lui prenant les mains, à son tour, avec une effusion dont il ne put se défendre :

— Qu'allez-vous dire, reprit-il, si je ne puis accepter votre offre?

L'organiste demeura muet de surprise.

— Écoutez, monsieur d'Aquin, je vais vous parler comme à mon père... Le mien est là-haut! continua le jeune homme en regardant le ciel avec un soupir.

Le sillon furtif d'une larme venait de rouler sur sa joue, il paraissait écrasé sous le poids de sa douleur.

— Et je vous écouterai comme l'eût fait votre père, reprit d'Aquin; voyons, confiez-moi votre tristesse, pauvre enfant!

— Hélas! mon cher protecteur, l'histoire de cet amour vous semblera peut-être importune. Ce n'est point l'amour d'un marquis ou d'un roué, et je ne sais rien, vous avez pu le voir, des choses du monde. Il y a trois mois je quittai Dijon, je vins à Paris, recommandé à vous par un père dont le dernier vœu fut celui de mon bonheur. Vous me recueillîtes chez vous, en effet, vous m'y reçûtes comme un fils. Votre nièce fut la première femme que j'aperçus dans ce Paris si nouveau pour mes regards; mais l'ange de pureté et de candeur qui veille sur Blanche ne permit pas même qu'un désir s'interposât entre sa présence et mes sens. Blanche était trop simple, mon père... (permettez que je vous donne ce nom) pour aller au devant de mon inexpérience et de ma jeunesse; elle était trop belle et trop bonne tout à la fois pour que le contact de mon amour dût la rendre malheureuse. Loin de lui ouvrir ce cœur exempt jusqu'alors de tout orage, je pris soin de lui cacher les mille sensations qui l'agitaient depuis une visite que j'avais faite avec vous dans cette maison.

Maison funeste! mon père, où je vis, sans la chercher, une femme dont le seul regard porta dans mon âme un trouble inconnu, un dégoût profond de tout ce qui n'était pas elle. Cet amour, que je combattis d'abord, influa sur ma santé; à un pareil état il faut de violents remèdes. Cédant à ma faiblesse, je pris le parti de vous quitter; je me rendais ainsi coupable au début de ma passion d'un premier crime, celui de l'ingratitude. Mais il eût fallu me faire un masque pour vous cacher mon amour, et votre surveillance m'inquiétait.

Je quittai donc un asile où je n'avais pas même eu le temps de songer qu'on pût un jour devenir malheureux; je grossis la liste des pensionnaires de madame Lescombat. J'appris bientôt son histoire par un des commensaux de sa maison. Libre et adorée d'un mari qui, par état, la laissait souvent seule, elle avait d'abord, vous le savez, borné ses plaisirs à se faire une société dans ce quartier. Sa figure et son éducation l'avaient fait admettre dans plusieurs cercles; ils lui furent fermés trop impitoyablement, sans doute, à la suite de quelques aventures galantes qu'envenima la malignité. M. Lescombat, qui ignorait ces bruits, consentit à lui laisser prendre chez elle des pensionnaires; elle avait ainsi, et elle a encore dans sa maison une petite cour composée de personnes qui se disputent le plaisir de lui plaire. Ce qui me surprit tout d'abord en elle, ce fut son dédain : elle sembla me traiter comme un enfant, à cette première entrevue qui fut pour moi la source de mes misères. Sa beauté et ses rigueurs m'ôtaient tout repos. Une fois son hôte, je pouvais cependant la voir et l'entretenir sans témoins; mais il y a des gens qui écrivent plus hardiment qu'ils ne parlent, et je suis de ces gens-là. Je n'aurais jamais eu le courage de lui dire tête-à-tête ce que je lui disais dans mes lettres : ce commerce l'amusa, car mon cœur était de la partie. Je lui écrivais cinq fois par jour; les premières fois j'attendis en vain ses réponses. Une lettre que je reçus enfin me rendit un peu d'espoir. Je la baisai et rebaisai mille fois; elle m'annonçait un rendez-vous. Le souvenir d'un pareil instant ne s'effacera jamais de ma pensée; le son de l'horloge qui m'avertissait de mon bonheur me fait encore tressaillir. Silencieuse et pâle, elle m'attendait; elle était parée, elle revenait alors de l'Opéra. Il me sembla ce soir-là que j'allais vivre d'une vie nouvelle : j'aimais, j'étais aimé, et cependant je tremblais; une voix secrète me disait de ne point aller au devant de ma ruine. Aimer une femme mariée! la femme d'un homme qui se vengerait sans doute! qui la chasserait, la répudierait peut-être! L'amour fit taire cette voix; en regardant cette épée à mon chevet, je rougis bientôt de n'être qu'un lâche. Je me dis que cet homme qu'elle appelait son époux n'était peut-être qu'un tyran, que cette femme, condamnable aux yeux du monde, allait peut-être acheter la protection par l'amour, et cette pensée m'enflamma à un tel point, que l'orgueil devint chez moi le compagnon inséparable de ma passion. Je me félicitais de n'être plus inutile. En la quittant, mon père, je me fis à moi-même le serment irrévocable de la gar... der; ma vie lui appartenait, cette vie que j'étais heureux de lui donner!

Ici Mongeot s'arrêta, en cherchant à lire dans les yeux du vieillard l'impression produite par un tel aveu. L'organiste, atterré, gardait un profond silence. Le jeune homme poursuivit :

— M. Lescombat fit à cette époque un voyage en Languedoc. Nous n'avions plus à craindre un tiers incommode, quoique cependant il n'eût encore sur nous aucun soupçon. Mais ses attentions perpétuelles, sa présence et son amour nous gênaient; depuis quelque temps aussi il était devenu sombre et maussade. Je pensai d'abord que ses affaires étaient mauvaises : ce voyage confirma mes conjectures. Il fut deux mois absent, et à son retour je le trouvai si changé, que j'eus autant de peine que vous à le reconnaître. Il ne tarda pas cependant à acquérir cette maison par un contrat, il y fit travailler pendant un séjour que nous fîmes à Saint-Cloud, sa femme et moi, chez madame de Godrecourt... Chaque soir il venait nous y apporter les nouvelles de Paris. La maison fut bientôt prête, et quand nous revînmes, nous trouvâmes cependant la distribution peu changée... L'architecte avait en moi une confiance sans bornes; il m'interrogeait souvent sur sa femme, et il en vint bientôt à ne pouvoir se passer de ma compagnie... Je l'aidais pour ses plans, ses travaux, ses dessins; il me parlait quelquefois de l'Italie, où il voulait, disait-il, retourner un jour avec madame Lescombat, tandis que moi je pourrais les accompagner avec ma femme, avec Blanche! Cette union, pour laquelle j'étais loin, par calcul, de montrer quelque résistance, semblait le flatter autant que vous; il en avançait l'instant avec une ardeur qui me donnait souvent lieu de penser qu'il avait peut-être pénétré un secret dont tous mes soins tendaient à lui en épaissir les ombres. Je m'aperçus bientôt qu'il n'en était rien, et que l'adresse de sa femme était de nature à nous mettre longtemps à l'abri. Flattant en effet chez lui sa passion dominante, celle de l'amour-propre et du succès dans son art, elle multipliait les occasions de le produire, et de le venger même de certains refus dédaigneux. Notre correspondance et nos rendez-vous venaient de reprendre un libre cours, lorsqu'un soir je la vis entrer dans cette chambre dans un désordre de mouvements tel, que je crus un instant qu'elle avait été surprise. Elle s'assit sur cette chaise où vous êtes, et ne put d'abord trouver aucune parole. Moi, je lui tendis la main, je pâlis et je priai Dieu machinalement. — Mongeot, s'écria-t-elle en m'enlaçant de ses bras dans une subite étreinte, Mongeot, me maudiras-tu? — Ce début me fit trembler, je lui fis signe de parler cependant; mille idées confuses bourdonnaient dans mon cerveau. — Je suis perdue, me dit-elle en plaçant ma main sur son cœur, perdue à jamais; je suis enceinte! — A cette nouvelle, je me crus frappé d'un coup de foudre. — Il faut partir, continua-t-elle, il faut me quitter... Mon mari me tuerait, s'il pouvait soupçonner seulement son déshonneur! Un jour viendra peut-être où nous pourrons nous revoir; en attendant, votre fuite devient ma seule tutelle... Je tremble à tout moment que la baronne de Godrecourt ne révèle à mon mari ce qu'elle m'a promis de lui cacher... Adieu, tout ce que j'aime, tout ce que je regrette au monde, ton image ne me quittera plus maintenant que je la porte gravée et vivante dans mon sein!

En parlant ainsi, elle prenait le ciel à témoin de son amour; je sentais le froid de son haleine et les soulèvements de sa poitrine.

— Partir! m'écriai-je, jamais! Je consens à ne plus vous parler, à vous éviter, mais ne m'exilez pas loin de vous, ne m'ordonnez pas de fuir, maintenant que nos deux âmes ont entre elles un lien formé par Dieu; maintenant que je saignerais, en partant, de deux blessures! De ce jour, si vous l'exigez, tout sera dit entre nous, votre enfant ne sera point privé de ses droits; mais réservez-moi le seul que je réclame, celui de souffrir et de prier près des seuls êtres qui me retiennent à la vie. Non, repris-je d'une voix ferme, non, je ne partirai pas!

Je m'étais relevé devant elle de toute la puissance de ma douleur; le pied sur l'abîme ouvert entre ma maîtresse et moi, je semblais défier l'ange du mal. Un sentiment plus doux me fit bientôt revenir à elle, je la couvris de larmes et de baisers; je ne voyais plus l'avenir; j'étais heureux, j'étais fou!

— Cher ange! murmurai-je en écartant les boucles de ses cheveux éparses qui voilaient à demi son front, Marie, belle Marie, je jure sur ta patronne de me soumettre à tout ce que tu voudras; dis un mot, et quoique je ne sois pas mûr pour la douleur, eh bien! j'expierai ma faute et mon crime, car j'ai porté le trouble dans ton existence. Mais le ciel pardonne aux larmes, nous avons un ange qui priera pour nous deux, vois-tu!

Elle écoutait dans une agitation difficile à rendre; on eût dit que chacune de mes paroles, loin de la calmer, augmentait encore son trouble. Quand elle me vit plus calme :

— Écoute, me dit-elle, il y a un autre moyen de détourner les soupçons jaloux du seul homme à qui je dois compte de ma conduite; ce moyen te répugnera-t-il? je ne sais, mais où nous en sommes venus...

— Parle, parle, m'écriai-je impétueusement, je m'agenouille ici devant ta volonté, Marie, je suis ton esclave!

— Eh bien! reprit-elle après une pause, tu connais mademoiselle Blanche d'Aquin. Il faut que tout le monde, et mon mari le premier, te croie le fiancé de cette jeune fille... Elle est belle, elle sera riche; jure-moi seulement que de ce qui n'est qu'un jeu tu ne feras pas une vérité; jure-le-moi! reprit-elle avec des yeux où respiraient l'égarement et le délire.

— J'avoue que j'hésitai, tant le souvenir de Blanche venait de m'apparaître chaste et pur, entre cette infamie et ma pensée. Je la revoyais au premier jour de mon arrivée m'accueillant avec ce sourire que Dieu fait descendre comme un rayon sur les lèvres de ses vierges. Cette comédie odieuse qu'on me proposait de jouer m'épouvantait.

— C'est donc un adieu éternel que nous nous faisons, reprit ma cruelle instigatrice, désormais plus rien de commun entre nous; c'est vous qui l'aurez voulu!

— Rien de commun, ô ciel! et cet enfant, ce trésor que vous m'emportez avec mon âme?... Ah! vous êtes sans pitié, continuai-je en l'arrêtant par le bras, vous n'écoutez pas même la voix de Dieu!

Elle me regarda à son tour avec un sourire indéfinissable de mépris.

— Je ne vous croyais pas si faible, me dit-elle; adieu, je vais rejoindre mon mari. Et, se dirigeant vers la porte de cette chambre, elle allait sortir, quand, saisissant sa robe avec rage, je m'écriai que je souscrivais à tout. J'étais retombé anéanti près de cette fenêtre... Elle me passa la main dans les cheveux, et j'y sentis courir un fluide magnétique... Je venais de m'abandonner, pieds et poings liés, à une puissance plus forte que moi; elle le comprit, et elle étourdit mes remords sous ses baisers. Quelque affreuse que fût la perspective de ma nouvelle vie, je m'y attachai comme le naufragé à sa planche de salut. Que vous dirai-je enfin? j'acceptai ce rôle qui sauvait ainsi trois têtes, je me résignai à traîner après moi le boulet de ce mensonge. La honte et le remords de ma faute, Blanche eût dû les lire dans ma tristesse auprès d'elle; la malheureuse enfant, vous me l'apprenez, n'y a vu que mon amour! Maintenant, d'Aquin, vous savez tout; vous voyez à mes angoisses que je porte déjà le fruit de ma faute, et que Dieu se venge, lui qui pouvait pardonner!

Il avait parlé avec un timbre de voix si ému, un accablement si vrai, que le vieillard fut d'abord quelque temps à trouver en lui-même assez de force pour lui répondre.

— Partons, dit-il enfin, partons, comme s'il eût secoué lui-même la torpeur d'un sommeil léthargique, partons! il ne faut pas demeurer un instant de plus dans cette maison. Malheur sur moi, qui vous fis respirer le premier cet air fatal, malheur sur cette femme qui vous fit commettre deux fautes! Mais, seul, grâce à Dieu, j'ai entendu votre confession, Mongeot, je vous garderai le secret que garde le prêtre. Oubliez cet amour, oubliez...

— Hélas! ce que vous me demandez là est au-dessus de mes forces... L'existence de cette femme et la mienne sont rivées, d'Aquin, à la même chaîne. Le sort en est jeté, continua-t-il avec amertume, je sens que je dois mourir ici.

— Mourir! s'écria le vieillard, mourir! vous, si jeune, vous, qui ne faites que commencer encore la vie! non, Dieu vous défend de mourir, Dieu ne permettra pas que pour cette femme...

— Mais c'est que je l'aime, interrompit le jeune homme avec des sanglots qui se firent passage à travers ses lèvres, je l'aime, comme mon premier rêve, mon premier amour, mon bien le plus cher! Mon Dieu! comment la quitter?...

— Comme on quitte, jeune homme, l'abri que menace la foudre, le navire entr'ouvert où la vague amène la mort! Vous ne devez plus toucher à cette coupe, vous ne devez plus croire à cet amour semé de trouble et d'angoisse! Qui vous dit que Lescombat n'ouvrira pas les yeux sur cette profanation de son toit? qui vous dit que demain, peut-être, sa femme, reléguée par ordre dans un couvent...

— Vous avez raison, c'est là surtout ce qu'il faut empêcher, c'est sa honte qu'il faut prévoir. Les droits d'un mari, quelque injustes qu'ils soient, appellent l'infamie sur une tête, et celle-là est trop belle pour que je consente jamais à lui imprimer cette tache...

— Vous partirez donc? continua l'organiste, vous nous reviendrez donc, pauvre oiseau blessé? Oh! dès lors, Henri, Blanche et moi, nous ne serons plus tristes. Votre petite chambre, vous allez la retrouver; Blanche s'est fait un plaisir de ne rien déranger chez vous, car vous serez chez vous, dit le vieillard; vous êtes maintenant mon fils, et, quoi qu'il arrive, je saurai bien vous défendre!

— Mon ami, mon père! balbutia le jeune homme en se jetant dans ses bras, le visage baigné de larmes, par pitié, laissez-moi demeurer encore quelque temps dans cette pension... Il faut que je la voie, ne fût-ce qu'une dernière fois... que je m'entende avec elle.

— Des retards! fit l'organiste en secouant la tête, non, point de retards, ils vous perdraient... Je me charge de tout près de madame Lescombat; oui, je lui dirai...

— Ne lui dites rien, mon père... car, hélas! je démentirais le lendemain ce que vous auriez dit la veille... Je vous le répète, d'Aquin, cet amour que je porte au cœur me tuera!

Et il versa de nouvelles larmes plus abondantes encore; il était dans un de ces paroxysmes d'amoureux où toute force s'éteint. Le vieillard en eut pitié, lui qui cependant, nous l'avons dit, ne connaissait guère que la vie du cloître et du silence; mais il n'y avait pas dans les plaintes de l'orgue des notes plus déchirantes que dans celles de cette douleur qui avait si vite trouvé le chemin de son âme. D'ailleurs, il aimait Blanche de toute la tendresse d'un père qui élève une fille unique, la perle et l'amour de sa maison. Les paroles qu'il venait d'entendre retentissaient encore comme un chant lugubre à ses oreilles... Devenu le dépositaire d'un tel secret, il en comprenait la gravité, il sentait encore mieux les mille périls où cet imprudent amour jetait le jeune homme... Des pas agiles et précipités le tirèrent bientôt de ses réflexions; c'était Blanche qui venait elle-même chercher son oncle, dont la société, réunie au salon, commençait à se montrer inquiète.

Dès que l'organiste l'eut aperçue, il fit signe à Mongeot d'essuyer les larmes qui coulaient encore de ses yeux, et descendant lui-même quelques marches de l'escalier pour aller au devant de la jeune fille, il parut surpris de trouver la main de Blanche froide et tremblante.

— Qu'as-tu donc? lui demanda-t-il.

— Moi? rien, mon cher oncle, j'aurai monté peut-être trop vite ces deux étages... Voilà tout. Comment va notre blessé?

— A merveille, reprit d'Aquin, il ne se sent pas de cette légère égratignure.

— Votre conversation a été longue; car pendant ce temps l'abbé a eu le temps de gagner six parties à madame la baronne de Godrecourt.

Mongeot apparut en ce moment sur l'escalier.

— C'est étonnant, dit Blanche en fixant le jeune homme, on dirait que vous avez pleuré!

En ce moment, le bruit d'une voiture retentit sur le pavé de la rue Garancière, Blanche et Mongeot se penchèrent instinctivement à la fenêtre... La nuit était venue, mais elle n'était pas si noire, que le pensionnaire de madame Lescombat ne pût voir le chevalier de Vera-Crux déposer un baiser, en signe d'adieu, sur la main de sa belle hôtesse. Le carrosse repartit après avoir déposé à la porte de l'hôtel M. et madame Lescombat. Le jeune homme referma la fenêtre avec un tressaillement de dépit.

— Vous ne descendez pas au salon? dit la jeune fille avec un son de voix plein de caresse.

— Non, répondit-il, je dois être levé de bonne heure.

— Adieu donc, Henri! fit-elle avec un soupir. Mon oncle, je vous précède au salon, car vous êtes moins ingambe que votre nièce.

— C'est cela... je te rejoins, dit l'organiste.

Et se tournant vers Mongeot:

— A demain, reprit-il, à demain, et bon courage! Dieu n'abandonne pas ceux qui se repentent, mon fils. Demain je ferai dire une messe pour vous à Saint-Paul.

— Et moi, dit le jeune homme, je vais prier le ciel pour qu'il me conserve mon père.

Tous deux restèrent quelque temps dans une étreinte muette et recueillie. Il semblait que leurs âmes se fussent vraiment confondues, tant les battements de leur poitrine étaient égaux, tant l'indulgence du vieillard couvrait la faute du jeune homme. Les cheveux blancs de d'Aquin, sa douce et paisible physionomie contrastaient singulièrement avec la profonde pâleur et l'œil égaré de Mongeot; il y avait entre eux la distance qu'il y a d'une tête calme et ridée d'un apôtre de Ribera à celle d'un jeune cavalier du Caravage... En quittant Mongeot, l'organiste ne put se défendre d'un mouvement de tristesse: c'était le médecin qui s'éloigne du malade blessé à mort.

— Vous me promettez de la voir demain, de lui parler?

— J'en aurai le courage, répondit le jeune homme. Oui, je vous dirai le résultat de cette entrevue...

La voix de Blanche appelait son oncle au bas de l'escalier, le vieillard la rejoignit. Arrivé dans le salon de l'architecte, il y trouva madame de Godrecourt en conversation fort animée avec madame Lescombat; cette conversation avait lieu à l'écart et dans une embrasure de fenêtre. L'architecte venait de refuser la partie de trictrac de l'abbé. Tout le monde partit bientôt, et les chambres de chaque pensionnaire de la maison reconquirent leurs hôtes accoutumés. Retirée dans la sienne, madame Lescombat n'eut rien de plus pressé que d'ouvrir l'écrin dont le chevalier de Vera-Crux lui avait fait don, elle en considéra le travail avec une attention extraordinaire. C'étaient de fort belles roses, admirablement montées par Lempereur, le joaillier à la mode. Après l'avoir ainsi considéré, elle le mit à son cou, où il sembla jeter une pluie d'étincelles. Il faut croire que la promenade chez M. de la Popelinière n'avait pas été sans charme pour elle, car, en se couchant sous son baldaquin bleu de ciel, elle dit à Toinette, sa fille de chambre :

— Cette maison de M. de la Popelinière est un conte de fées, Toinette!

— Et ce collier, un collier de reine, madame, ajouta la soubrette avec un sourire que sa maîtresse comprit.

— M. Mongeot n'a point paru ce soir au salon, poursuivit négligemment madame Lescombat, serait-il indisposé ?

— Je l'ignore, madame, vous savez qu'il s'est enfermé dans sa chambre après votre départ...

— Porte-lui ce billet, reprit-elle après avoir écrit quelques lignes sur sa toilette. J'ai à lui demander un service.

Toinette accomplit bientôt sa mission et rentra. Elle avait trouvé, disait-elle, le jeune homme encore debout, et finissant une longue épître adressée à sa maîtresse.

— C'est bon, reprit celle-ci, mets cela sur ma cheminée.

La chambrière sortit, et madame Lescombat se déshabilla seule, comme elle faisait chaque soir ainsi, depuis trois mois... Quand elle eut parcouru la lettre de Mongeot, la pâleur couvrit ses traits; il semblait que tout son corps tremblât... Elle se remit bientôt de cette émotion, en entendant la voix de son mari, qui lui jetait un bonsoir timide à travers sa porte... Puis elle s'endormit, après avoir eu soin de brûler à sa bougie la lettre qu'elle venait de recevoir.

IV

LE CHEVALIER DE VERA-CRUX

Peu de jours après ceci, dans un des hôtels les plus reculés de la rue du Cherche-Midi, il se passait une scène assez étrange.

Au milieu d'une vaste chambre reléguée au fond de la cour et à laquelle on arrivait en montant les marches délabrées d'un second étage, se tenaient dix à douze hommes réunis autour d'un mannequin habillé grotesquement en financier. Une perruque volumineuse flottait sur l'habit de cet étrange Turcaret, qui possédait de plus, dans ses deux poches de gilet, des boîtes d'or et des bijoux de mince valeur, ainsi que deux chaînes de montre parallèles qui lui pendaient sur son ventre rembourré de paille. Il était suspendu au plafond par une poulie, et portait à ses mains comme à ses pieds une quantité de sonnettes. Le jour blafard et triste qui éclairait cette pièce soigneusement verrouillée à l'intérieur, et dont les portières en brocatelle amortissaient chaque son, permettait à peine de distinguer, au premier abord, la figure des personnages qui s'y trouvaient; mais, à leurs propos et à leurs gestes, il était facile de deviner le but de leur réunion.

C'étaient pour la plupart des fils de famille assez mal dans leurs affaires, si l'on eût jugé d'eux sur l'équipement et la mine. Ils parlaient une sorte de langage maçonnique que le Châtelet eût peut-être flétri du nom d'*argot*, mais qui semblait à coup sûr la première règle de leur société. Beaucoup avaient l'allure habituelle des joueurs de profession, la cravate lâche, les yeux caves. D'autres fredonnaient assez gaîment des refrains de mousquetaires; mais tous, ils semblaient se méfier les uns des autres, malgré les protestations d'amitié dont ils s'accablaient.

— Ce cher de l'Etoile, comment, il ne fait pas plus de progrès depuis deux mois! lui qui prend cependant de si longues séances de notre professeur à tous, du chevalier Vera-Crux!

— Que veux-tu, mon cher d'Aubignac? reprit de l'Étoile, je ne suis pas, comme toi, neveu d'un sous-fermier et je n'ai pas reçu de leçons dans ma famille... Mais toi, qui fais tant l'expert, voyons un peu comment tu vas t'en tirer : à l'œuvre, figure-toi que tu escamotes ton oncle!

— Par la sambleu! ce ne sera pas mon coup d'essai, j'ai déjà tiré de bonnes sacoches au cher homme! Regarde-moi faire, et profite surtout, mon cher!

Et d'Aubignac s'approcha du mannequin suspendu au plafond, en pirouettant avec grâce sur le talon gauche. Il lui enleva l'une de ses montres aux applaudissements de la galerie.

— Voilà qui est bien, reprit de l'Étoile, mais je gage que tu ne pourrais confisquer sa tabatière sans faire tinter les grelots...

— C'est le pont aux ânes, reprit d'Aubignac, regarde d'abord où est la tienne.

— Au diable! grommela de l'Étoile en se fouillant, tu viens de me la subtiliser avec une grâce!... Après cela, reprit-il en aspirant une large pincée de tabac dans la boîte que d'Aubignac lui rendit, tu n'as pas eu grand'peine, je suis l'animal le plus distrait de l'univers! Il faut pourtant que je me fasse la main.

Il essaya alors d'imiter l'exemple de d'Aubignac, et s'approcha timidement du mannequin. Mais il ne l'eut pas plus tôt touché que toutes les clochettes sonnèrent.

— Est-ce le carillon de la *Samaritaine* que j'entends ici? reprit un personnage enveloppé d'une vieille robe de chambre à fleurs d'argent, en ouvrant une porte qui jeta tout d'un coup une brusque lumière dans cette pièce... Toujours gauche, mon cher l'Étoile, vous ne parviendrez donc jamais! Je devais pourtant vous faire connaître, ce soir même, un Américain embarrassé de sa fortune ..

— Cela me regarde, interrompit d'Aubignac; est-ce au Colisée que je dois le rencontrer, ou bien devons-nous, comme l'autre soir, chevalier, à la sortie du feu d'artifice?...

— Silence, d'Aubignac, tu parles trop; je te réserve, à toi, une petite affaire de vingt mille livres. Une comédienne fort en vogue, rien que cela! Je me fie à ton adresse accoutumée. Comme ces créatures ne veulent jamais passer pour dupes, celle-ci se taira; elle a d'ailleurs le cœur et le vin fort tendres.

— Vivat! s'écria d'Aubignac; mais toi, mon cher Vera-Crux, que deviens-tu donc? voilà toute une grande huitaine qu'on ne t'a rencontré! Quelque amour nouveau, mystérieux... J'ai vu l'autre jour ton coureur avec un bouquet... oh! mais un bouquet... cela avait l'air d'un jardin!

— Une fantaisie, mon cher, un caprice amoureux, rien de plus, reprit le chevalier en entraînant d'Aubignac dans un coin de la salle. Je suis déjà maître aux trois quarts de la Lucrèce, j'ai fait même de la dépense pour elle... Mais, le comprendras-tu? je ne puis encore obtenir un dénoûment, elle hésite... Oui, la belle a un mari, un mari jaloux que je trouve plaisant de protéger, et auquel, sur l'honneur, je m'intéresse.

— Bravo, chevalier!

— Du reste, une femme superbe, une Vénus qui n'a qu'un défaut, celui d'être en marbre, car elle est pour moi d'une froideur... Il faudra pourtant que cette semaine au plus tard la belle s'exécute, car voici le temps des bals masqués de l'Opéra... Et dans ce temple du plaisir ouvert aux amants...

— Les maris restent à la porte, reprit d'Aubignac, c'est trop juste. Parbleu! chevalier, tu es heureux, tandis que moi... Imagine que je ne sais de quel bois faire flèche; on me déshonore, on me noircit! On m'offre d'entrer dans la police!

— Laisse donc, accepte toujours. Pour ma part, je ne t'en voudrai pas. Il faut avoir des amis partout. Que t'offre-t-on?

— Une place de secrétaire chez le lieutenant civil, M. Bertin! Tu sais que j'ai la main belle...

— Et leste, c'est vrai. Tu as de l'esprit jusqu'au bout des ongles! Enfin, si tu y trouves ton profit, cela, je l'espère, ne t'empêchera pas de nous rendre encore visite. Tu ne seras pas ingrat, d'Aubignac, tu cumuleras, voilà tout.

— Je ne m'en ferai faute, quoiqu'à vrai dire je préfère, comme toi, être indépendant et vivre honnêtement du fruit de mon travail. Mais ne me parlais-tu pas de certaine affaire de vingt mille livres?... Une actrice... je crois?

— Oui, vraiment, la Dumesnil! elle a joué, tu le sais peut-être, l'autre soir, le rôle d'*Hermione*. Comme elle ne hait pas le vin et qu'elle a coutume d'en boire un gobelet dans les entr'actes, son laquais l'en abreuva tant, le soir en question, qu'elle dit son rôle tout de travers. De là cris furieux, querelle au parterre; je donne un soufflet à mon voisin, lequel n'ose me le rendre ; je harangue les mécontents, et le lendemain...

— Eh bien! le lendemain?

— Le lendemain, la Dumesnil me prie de passer chez elle... Malheureusement, j'étais amoureux, j'avais affaire ailleurs et j'ai perdu la piste de mon actrice... mais je suis bon frère, d'Aubignac, je te laisse la récompense que me destinait la Dumesnil. Présente-toi chez elle avec cet air matamore, ces phrases toutes faites que tu dis si bien, et surtout cet aplomb qui plaît aux filles de théâtre; tu la mènes de là souper chez le suisse du Luxembourg, et comme elle porte sur elle toute une devanture de boutique en diamants... je n'ai pas besoin de te dire le reste... Voyons! mes petits amis, ajouta le chevalier en se tournant vers ses adeptes, ne lierez-vous pas quelque partie entre vous? Voici le pharaon, le tri, le médiateur, le whist, tous les jeux possibles... Rentrons cet honnête mannequin sur lequel vous vous acharnez, et qui ne ressemble pas mal à un des suppôts de la ferme pendu en effigie... D'Aubignac, replace-le soigneusement dans sa boîte...

Et le chevalier de Vera-Crux, avec lequel nos lecteurs ont fait déjà connaissance, se promena bientôt dans cette pièce en causant familièrement avec ses coassociés. Ils ne tardèrent pas à s'établir pour jouer à plusieurs tables. Les uns étaient vêtus en officiers, d'autres en petits bourgeois. Les précautions infinies que le chevalier prenait pour cacher son *académie* les mettaient, du reste, à l'abri de toute alarme, Vera-Crux ayant eu soin de se faire passer dans le quartier pour un sectateur effréné des sciences occultes, un chercheur de pierre philosophale. Plusieurs fourneaux d'alchimie, des livres, des cornues donnaient, en effet, à cet appartement un air respectable et scientifique. On ne s'y occupait que trop, on l'a vu, de la transmutation des métaux, mais la mode était en ce temps-là aux jongleries sérieuses. Dans toute la longueur de la rue Cherche-Midi on regardait le chevalier de Vera-Crux comme un savant; quand il passait les ponts, ce n'était plus qu'un fort joli homme.

Le Portugais regardait encore ses amis accoudés aux tables de jeu, et se montrant l'un à l'autre les tours les plus fameux connus dans l'académie des Grecs, lorsque son coureur, tout effaré, parut à la porte du cabinet et lui annonça une visite.

— Qui donc vient me troubler à l'heure de mes leçons? s'écria-t-il; ne sais-tu pas, Baptiste, que c'est là une heure sacrée, une heure qui appartient à mes élèves?

— C'est une dame, reprit le coureur, une dame voilée qui demande la faveur d'un entretien secret à monsieur le chevalier... Comme elle a eu l'attention de m'offrir un écu, je l'ai introduite dans la chambre à coucher de monsieur, où elle feuillette en ce moment quelques numéros du *Mercure de France*...

— Une femme! dis-tu, si c'était!... Et le chevalier se hâta de suivre Baptiste, en ayant soin de refermer sur lui la porte du cabinet qui donnait passage dans les autres pièces de l'appartement.

Arrivé dans sa chambre à coucher, il tressaillit de surprise et d'émotion tout ensemble en voyant une dame assez richement mise dont un voile noir couvrait le visage... Elle ne le laissa pas longtemps en suspens, et Vera-Crux poussa un cri étouffé en reconnaissant madame de Godrecourt.

La baronne venait de découvrir au Portugais un visage bien connu de lui, sans doute, car il parut déconcerté quelques secondes. Il se rassura pourtant, et lui présentant un siége :

— Quelle heureuse circonstance amène chez moi madame de Godrecourt? reprit-il. Voilà tout un siècle que nous nous étions vus!

— Oui, depuis deux ans, chevalier, depuis le jour où je partis de Goa, fit la baronne avec un soupir et en s'éventant d'un air de princesse.

— Il n'y a que Paris pour les rencontres, poursuivit Vera-Crux en minaudant; celle-ci est du dernier beau!... Cette chère Victoire, une amie des Indes orientales, une ancienne passion! Je ne vous savais pas à Paris, sur mon honneur! sans cela...

— Sans cela, vous fussiez venu m'offrir vos services, n'est-ce pas? On vous connaît, beau masque, on vous connaît! Moi, d'abord, je vous ai vu fort bien, l'autre soir, chez cette madame Lescombat avec qui vous veniez de monter en carrosse. J'espérais que vous m'auriez aperçue chez cette petite bourgeoise: mais vous étiez si occupé de votre cour!... Pourriez-vous me dire depuis combien de temps vous allez dans cette maison? reprit la baronne d'un air piqué, et comment il se fait que vos yeux qui me cherchaient autrefois...

Le chevalier se fût bien gardé d'avouer à la baronne qu'il avait remarqué sa présence chez la femme de l'architecte; il feignit une surprise dont madame de Godrecourt fut loin d'être dupe. Ces deux personnages se connaissaient de longue date et s'appréciaient mutuellement, il faut le croire, avec assez de justice, car la Godrecourt reprit bientôt, après avoir examiné les meubles qui décoraient l'appartement du chevalier :

— Vous voilà, je le vois, tout au mieux dans vos affaires, Joao! j'en suis ravie. Où est le temps où vous veniez vous cacher chez moi après vos pertes au jeu, quand vos ennemis osaient vous accuser de n'être qu'un coupeur de bourse?

— Et que, par contre-coup, ma chère Victorine, reprit Vera-Crux, le gouverneur de Goa, ce vieux singe si laid, prétendait que vous étiez une recéleuse!

— Quelle indignité! vous le savez, Joao, je tenais un honnête commerce de soieries... Recéleuse! moi, qui faisais tout au plus la contrebande!

— Oui, je vous vois encore à l'enseigne du *Perroquet*, vous étiez alors plus mince qu'aujourd'hui, plus délicate, plus...

— Assez... et vous, chevalier, vous n'aviez pas cet air d'effronterie qui vous va fort mal, je vous en préviens! Avec quelle adresse avez-vous su me faire tomber dans vos piéges, avec quelle ardeur fîtes-vous l'assaut de ma vertu!

— Écoutez donc, ma chère baronne de Godrecourt, puisque Godrecourt il y a!... vous en valiez bien la peine, tout de même. Cela doit vous sembler étrange, reprit-il en riant, porer le nom d'un époux qui n'a jamais existé; ce nom de Godrecourt que je vous ai trouvé là tout à point en quittant Goa où vous aviez fait fortune! Permettez-moi d'en rire, ma chère baronne de Godrecourt!

— A votre aise, chevalier, reprit la baronne, évidemment blessée de ce rire inconvenant, à votre aise! tout le monde n'a pas le bonheur de naître comme vous avec un nom!...

— C'est vrai, ma chère baronne, mais celui que je vous ai fait!... c'est une fortune que je vous laissais là, parole d'honneur! Où promenâtes-vous votre baronnie et votre veuvage supposés?

– En Hollande, d'abord, mon cher.

— Excellent pays pour y faire l'essai d'une nouvelle noblesse.

— On m'y a reçue comme une margrave... J'ai vu à mes pieds quatre échevins d'Amsterdam!

— Je vous félicite, madame la baronne, reprit Vera-Crux ironiquement. Vous ne manquâtes pas, je l'espère, de vous donner pour une des plus grandes dames du Portugal, qui aurait fait une mésalliance affreuse en épousant le baron de Godrecourt? Que n'étais-je là pour vous voir aux prises avec ces honnêtes marchands de fromages! L'agréable figure que vous deviez faire quand on vous demandait des nouvelles de feu M. le baron! Pensiez-vous seulement à votre ami Vera-Crux? Voyons, m'avez-vous rapporté quelque cadeau?

— Je vous ai rapporté mon cœur, ingrat chevalier! Oui, ce cœur n'a pas cessé de battre pour vous, sachez-le, malgré vos indignes perfidies... Mais pour le moment ce n'est pas de cela qu'il s'agit. J'ai découvert votre adresse ce matin seulement, et je venais réclamer de vous un service...

— Un service? parlez. Que puis-je faire pour vous, madame la baronne? vous donner peut-être un vrai mari! Est-ce là ce que vous allez me demander?

— Pas le moins du monde. Vous saurez, chevalier, qu'il n'y a pas huit jours j'ai été victime d'un vol...

— D'un vol? s'écria Vera-Crux en se levant; comment, on vous a volée? Et quelle est la somme?

— Ce n'est point un vol d'argent dont j'ai à me plaindre, grâce à Dieu, l'affaire n'a point eu lieu chez moi, mais bien dans un endroit public, où la curiosité m'avait conduite comme beaucoup d'autres... on m'y a volé fort adroitement un superbe collier de diamants!...

— Que me dites-vous là? reprit le chevalier en se récriant; comment, on aurait osé!... Maugrebleu de la police qui fait si mal son devoir! Et dans quel endroit public?

— Au feu d'artifice de Torré, mon cher Vera-Crux, vous savez qu'il y a presse... Allez, les pots à feu et les chandelles romaines me coûtent cher! un collier comme celui-là! un collier que Lempereur avait monté!

— Ah! ah! ah! j'en mourrai, c'est sûr, fit le chevalier en se pâmant de rire... les chandelles romaines... les pots à feu!... on vous a volée!

— Eh bien! qu'y a-t-il là de si plaisant?

— Rien... oh! rien... seulement je m'en tiens les côtes... cette pauvre baronne! Faut-il que cela soit tombé sur elle! on ne respecte plus rien, c'est sûr...

— Connaîtriez-vous?... En tout cas, permettez-moi de vous dire, chevalier, que vous avez une façon singulière de prendre part à mon accident!

— Pardon, mille excuses... ma chère madame de Godrecourt... mais c'est que cela est si drôle!... au feu d'artifice!... un soir pareil!... lorsque moi-même j'y étais!...

— Vous!

— Certainement, moi, et je vous jure bien que si j'avais su...

— Vous auriez pris le voleur sur le fait, n'est-il pas vrai?

— Mieux que cela, je lui eusse fait rendre ce qu'il avait pris... Mais c'est trop tard, continua-il en se roulant de nouveau sur son sopha avec un rire fou, c'est trop tard... j'ai disposé du collier...

— Que dites-vous là? comment? reprit-elle en se levant pâle de surprise.

— Parbleu! je dis que c'est moi qui ai fait le coup!... Vous me regardez là comme une statue... Eh bien! oui, c'est moi, moi, Vera-Crux; je ne vous ai pas reconnue, voilà mon tort... On sortait, on se poussait, vous me tourniez le dos, et je n'ai vu que ce diable de collier, luisant comme une flamme de Bengale sur vos épaules... si j'avais su que c'était le vôtre, je l'eusse respecté plus que Denys l'Ancien ne respecta la barbe d'or d'Esculape et le manteau de Jupiter!

— Eh quoi! c'est vous! Un pareil métier?...

— Mon Dieu, je m'en réjouis, puisqu'il me procure l'occasion de vous revoir!... Vous avez pensé, sans doute, que je vous ferais retrouver l'objet? c'est tout naturel, je suis si bien avec la police... Eh bien! non, je ne puis... Encore une fois, j'en ai disposé... Vous me voyez, baronne, désolé de ne vous être bon à rien!

— Et peut-on savoir quelle beauté?... reprit la Godrecourt hors d'elle-même... La colère m'étouffe, et je vous trouve hardi de m'avouer en face ces choses-là.

— Pourquoi pas? ne nous connaissons-nous pas l'un et l'autre? Dois-je avoir rien de secret pour vous? Eh bien oui, baronne, je suis amoureux fou de cette madame Lescombat; introduit dans sa pension, j'ai voulu payer mon écot avec la magnificence d'un prince, dame! j'ai fait les choses grandement, vous devez vous en souvenir?

— Monstre! scélérat! infâme Cartouche!... Et vous croyez que je n'irai pas reprendre mes diamants, mon bien, sur le cou de cette femme, ma rivale? Jour de Dieu! c'est un petit plaisir que je compte me donner; oui, je vais de ce pas même vous démasquer à ses yeux, lui apprendre...

— Là, là, ma chère baronne, causons tranquillement. Un éclat! y songez-vous? Vous gâteriez mes affaires... tandis que vous pouvez me venir en aide! Grâce à ma discrétion, on ignore les anciens liens qui nous unissent, et votre intention, je pense, est qu'on les ignore toujours. Je consens à ne jamais dire que vous avez été mal avec la police de Goa, que vous n'y avez jamais vendu de soieries à l'enseigne du *Perroquet;* j'affirmerai même, si vous l'exigez, que ce cher baron de Godrecourt fut mon ami; mais, par tous les saints! ne m'en demandez pas davantage... Dites-vous que c'est un prêt, un service rendu à un ancien ami de votre jeunesse...

— Allez au diable! chevalier, il faut que je tire vengeance d'un trait qui me blesse doublement... Qui! moi! souffrir que la Lescombat se pavane arrogamment avec mon collier! Ah! têtebleu, j'aurai raison de cette insulte, et dussé-je parler en personne à M. le lieutenant civil, dussé-je lui déclarer que je ne suis point baronne!...

— Vous n'en ferez rien, nous resterons bons amis... Aussi bien, vous n'avez qu'à parler, et je vous dédommagerai de cette perte à la première occasion.

— C'est cela! pour qu'on m'arrête, pour qu'on reprenne sur moi des bijoux volés, comme je puis le faire sur votre Lescombat! Mais rassurez-vous, chevalier, j'ai un autre moyen de me venger de vous, et cela, sans bruit, sans fracas, je l'emploierai.

— Et lequel? peut-on savoir?

— Cela me regarde. Contentez-vous d'apprendre que je suis liée, extrêmement liée avec l'objet de votre nouvelle passion; je connais sa vie, et je puis vous assurer que vous faites le magnifique en pure perte.

— Comment cela?

— D'abord, parce que la dame a un mari... un mari qui l'adore... un mari jaloux...

— Bravo! C'est comme cela que je les aime, celui-ci me plaît, et je désire le pousser...

— Pousserez-vous aussi son amant? un jeune homme qui ne vous le cède en rien, et qui a sur vous l'avantage de demeurer dans la place? Vous voyez, chevalier, que vous avez donné dans le panneau. Me voilà déjà vengée aux trois quarts, et j'espère qu'avant demain...

— C'est une imposture, reprit le chevalier en se promenant à grands pas; madame Lescombat n'a point d'amant; les apparences sont trompeuses, madame la baronne, à moins que vous ne persistiez à honorer de ce titre le modeste pensionnaire que j'ai vu chez elle...

— Et que vous n'avez pas vu chez moi. Apprenez donc, chevalier, puisque vous me poussez à bout, que ce modeste pensionnaire, comme il vous plaît de le nommer, n'en a pas moins été le mien à Saint-Cloud, l'été dernier...

— Après, qu'est-ce que cela prouve?

— Oh! rien! si ce n'est que madame Lescombat, qui se trouvait aussi chez moi, sans doute par hasard, et pendant que l'on réparait sa maison, faisait avec lui des promenades prolongées dans le parc... qu'ils en sont d'abord revenus de bonne heure... puis tard... puis enfin qu'un beau jour je me suis vue obligée de les aller chercher moi-même, par un clair de lune tout à fait champêtre. Ils s'amusaient, elle et M. Mongeot, à compter les étoiles près de la lanterne de Diogène!...

— Vous en voulez à ce bon jeune homme parce qu'il étudie l'astronomie? Croyez-vous donc que la femme de l'architecte fût assez imprudente pour donner prise aux emportements et aux soupçons de son mari? En vérité, baronne, vous êtes absurde. Quant au collier...

— Eh bien?

— Eh bien! que diriez-vous si je vous en donnais un plus riche encore? Vous avez affaire à un magicien; parlez. L'important, c'est d'être discrète. Fiez-vous à moi, la chose est en bonnes mains...

— Vous raillez, je crois : se peut-il que vous ne soyez pas corrigé? Ah! Joao, vous finirez mal; en fait de collier, vous aurez la corde, mon cher!

— Merci de la prédiction! mais il n'importe, je ne suis pas superstitieux. L'aveu de ma passion pour la belle Lescombat n'a rien, ma chère, qui doive, au reste, vous indisposer, reprit négligemment Vera-Crux; c'est une coquette dont je veux avoir raison.

— Et bon marché, à ce qu'il paraît. Quoi qu'il en puisse être, songez, chevalier, que je vous ai dit l'état des choses. Il ne tiendrait qu'à moi de vous perdre, mais cela est au-dessous de mon caractère. Quelque peine que j'éprouve à voir un homme en qui j'eusse placé mon avenir se déshonorer, se perdre, vous n'en trouverez pas moins dans moi une amie sincère... Cela est cruel... horrible... je le sens... continua la Godrecourt en tirant un mouchoir à ses armes, dans lequel elle fit semblant de sangloter, mais vous l'aurez voulu, vous aurez brisé à plaisir ce cœur trop facile, trop tendre, ce cœur...

Ici, l'arrivée subite de d'Aubignac vint mettre un terme à ces doléances féminines qui menaçaient de se prolonger. La baronne de Godrecourt, l'œil au ciel et la bouche en cœur, venait de retomber à demi pâmée sur une causeuse en respirant un flacon de sels; elle rabaissa son voile en voyant entrer d'Aubignac. Le chevalier, lui, trouva prudent de la laisser en proie quelques secondes à sa douleur, pour passer avec son fidèle Pylade dans une pièce voisine.

— Eh bien! quelles nouvelles? demanda le chevalier dès qu'ils furent seuls, sans s'apercevoir de l'agitation de d'Aubignac.

— Bonnes et mauvaises, répondit celui-ci; j'ai aujourd'hui même, en ton honneur, sur les bras un duel et un rendez-vous!

— Avec qui le duel?

— Parbleu, foin de toi! avec ton voisin de l'orchestre à la Comédie-Française, l'homme à qui tu as administré si galamment un soufflet! C'est lui qui t'avait écrit au lieu et place de la Dumesnil.

— Pas possible!

— Ce n'est que trop possible, mort de ma vie! Il était là dans le café du Luxembourg, guettant depuis huit jours l'heureux mortel qui monterait l'escalier d'Hermione... Elle demeure tout près, comme tu le sais, et dès qu'il m'a entendu jeter ton nom au concierge, ton nom sous lequel tu m'avais tant recommandé de me présenter...

— Eh bien?

— Eh bien! il n'en a fait ni une ni deux, il m'a appliqué un soufflet... oh! mais un soufflet auprès duquel le tien n'a dû rien être... Pour que tu en saches la valeur, je te dirai que c'est un gendarme-dauphin!

— Le duel me regarde, rien de plus juste. Ce pauvre d'Aubignac! reprit le chevalier en lui serrant la main d'un air de compassion; tu as dû être suffoqué!

— Moi! pas le moins du monde, je n'en ai pas moins monté avec un magnifique sang-froid chez la Dumesnil, après avoir dit tout haut au gendarme-dauphin : C'est pour demain auprès de l'Observatoire... Arrivé chez l'actrice, — c'est ici, mon cher, le revers de la médaille, — j'entre sans me faire annoncer, et je la vois, avec qui?... avec ce gros la Popelinière dont tu m'as tant de fois parlé! Le financier, en homme galant, lui donnait la réplique pour son rôle de Phèdre : il faisait Œnone. Bon Dieu! si tu l'avais vu ne pouvant se relever à ses pieds! ..

> Madame, au nom des pleurs que pour vous j'ai versés,
> Par vos faibles genoux que je tiens embrassés,
> Délivrez mon esprit de ce funeste doute!

J'entre et je relève d'abord M. de la Popelinière. — Grand merci, monsieur, qui êtes-vous? — Un admirateur de mademoiselle, repris-je, un homme qui, à la dernière représentation d'*Hermione*, a donné le plus beau soufflet! Je mentais en diable, je venais d'en recevoir un! Mademoiselle Dumesnil, continuai-je en me jetant à ses pieds, veut-elle me compter dès aujourd'hui au nombre de ses plus dévoués séides? Si mon bras, si mon épée...

Le financier restait ébahi, et la Dumesnil croyait voir un fou. Je lui raconte alors tout ce que tu m'avais dit, je me récrie contre l'ignorance et l'injustice du parterre; je finis par dire que je n'étais pas le seul qui voulût dédommager ce sublime talent par un acte public, notoire, du tour qu'on lui avait joué; qu'en conséquence je l'invitais à souper chez le Suisse du Luxembourg. Il y aura là, repris-je, des partisans déclarés de votre jeu, des juges excellents en fait de matière; venez-y en reine, vous y serez reçue, admirée, et je vous irai moi-même chercher ce soir en carrosse... A cette proposition, la Dumesnil se récrie d'abord, sans doute par égard pour le financier, puis elle accepte... — A sept heures, chevalier, soyez exact. — Je prends congé d'elle; j'avais remarqué, en passant, un fort beau collier de diamants sur sa toilette. — Avez-vous besoin de parures pour être belle? repris-je en la fixant; ce serait un meurtre que de nous éblouir ce soir avec ce collier; ah! ménagez-nous, vos yeux suffisent! — Malgré ce madrigal, vous me permettrez, monsieur le chevalier, de ne pas aller à votre souper vêtue en soubrette. — Je n'ai garde d'insister, et je m'esquive en ayant soin de prendre l'escalier dérobé par lequel elle se rend à la Comédie-Française... Et me voilà!

— Sans compter que tu m'arrives fort à propos. Je ne demande pas mieux que de me battre avec le gendarme-dauphin, mais à condition que tu souperas. N'oublie pas ma recommandation! le collier, mon cher d'Aubignac, le collier!

— Sois tranquille, encore un coup, je te ferai voir mon trophée demain matin. Te figures-tu la rage de ta belle quand, au lieu de six couverts, elle va se trouver seule avec moi, en tête-à-tête!... Mais les flacons sont là, comme tu dis... A propos, tu me prêtes ton coureur et ton carrosse?

— C'est chose convenue, dispose du tout.

— Je te laisse... tu es, je crois, en grave conférence avec une dame... celle de tes pensées, peut-être! et dont tu te plaignais à moi ce matin, c'est charmant!

Et d'Aubignac regagna la salle des joueurs auxquels il se dispensa, comme on peut le croire, de raconter son aventure à partie double.

— Eh bien! chère baronne, reprit Vera-Crux en revenant près de madame de Godrecourt, êtes-vous toujours aussi courroucée? Moi, je vous annonce la paix. Oui, je ne vous demande qu'un jour pour opérer ce miracle. Revenez me voir demain, à pareille heure, ici même. Je vous ai vue furieuse, demain vous m'adorerez!

Il la reconduisit tête nue jusqu'à sa chaise à porteurs avec les façons les plus obséquieuses. La baronne s'y jeta sans trop approfondir ses dernières paroles... Par un retour dont elle ne put se défendre, elle se laissa pourtant baiser la main par le chevalier.

— Si je parle, se dit-elle, il parlera. Taisons-nous!

— A demain, reprit Vera-Crux.

— A demain!

V

PARTIE LIÉE

Par une de ces rares matinées d'hiver qu'on est tenté de confondre avec les derniers beaux jours de l'automne, deux personnes venaient de se présenter, sur les neuf heures, à l'une des grilles principales du Luxembourg. C'étaient une femme et un jeune homme qui paraissaient être habitués de ce jardin, à voir le sourire que l'entrée de ce couple amena sur les lèvres du Suisse dont le cabaret était situé rue Vaugirard, à l'un des pavillons extérieurs.

La femme était vêtue d'une polonaise bleue à fourrures, qui faisait ressortir par ses plis pincés l'élégante cambrure de sa taille; le jeune homme portait l'uniforme des élèves du génie, un simple habit bleu à boutons d'or où étaient figurés un casque et deux canons en sautoir. Tous deux gagnèrent rapidement la terrasse sur laquelle ne se dessinait encore aucune silhouette de promeneur, mais dont les statues semblaient s'échauffer déjà aux rayons d'un beau soleil.

— C'est donc dans huit jours que vous suivrez les cours de l'école militaire, mon cher Mongeot, dans huit jours que vous nous quittez?

— Pour revenir chaque soir dîner à la pension, Marie, encore est-ce avec peine que M. de Croismare me l'a permis. L'excellent d'Aquin m'a tant pressé, il m'a tant répété que c'était là le vœu de mon père... et puis, faut-il vous le dire, l'espoir de me distinguer un jour... Oui, vous m'aimerez peut-être plus quand vous me saurez un état; puis-je oublier d'ailleurs que nous serons bientôt trois? reprit le jeune homme en jetant les yeux avec amour sur sa maîtresse. Pourtant, continua-t-il avec un sourire amer, j'ai là, au fond du cœur, je ne sais quelle voix qui me dissuade de suivre ces études; je tremble, hélas! que, pendant mon absence, on ne vous entoure, on ne vous assiége... Vous êtes si belle, Marie, vous plaisez si vite et vous aimez tant à plaire! Quand je songe que je ne serai plus avec vous que le soir; que ces matinées charmantes, écoulées en ce lieu si rapidement pour nous, je les emploierai à d'arides travaux, vous laissant ainsi exposée à la solitude de vos pensées, aux propos de mille étourdis, à l'humeur de votre époux!... Tenez, il y a des instants où je voudrais déchirer cet uniforme, il y a des jours où je voudrais fuir avec vous, emportant ainsi ce que j'ai de plus cher au monde!

— Enfant, reprit-elle, enfant qui croyez rompre ce que le ciel ou l'enfer a pris soin d'unir! Mais, rassurez-vous, pendant vos absences, je ne veux pas même recourir aux moyens de me distraire, je relirai vos lettres, Henri, je vous écrirai, vous parlant sur le papier comme je vous parle là! Vous verrai-je donc toujours inquiet, tourmenté de mille chimères? Hier, par exemple, parce que je portais à table le collier de M. Vera-Crux, vous m'avez, à la sortie, adressé des paroles dures, comme si je pouvais aimer le chevalier, comme s'il était pour moi autre chose qu'un hochet de vanité!

— Ce hochet, Marie, je le briserai, je tuerai cet homme, prenez-y garde! Il a semé autour de vous je ne sais quel vertige de coquetterie et d'orgueil; à table, vous le regardez souvent, et quoique depuis huit jours il n'ait point paru à la pension... n'était-il pas hier, avouez-le, à la comédie qu'on a jouée chez M. de la Popelinière, à Passy?

— Certainement, pourquoi le nierais-je? Vous dîniez, vous, chez M. de Croismare, le directeur de l'École militaire, je n'ai cru pouvoir mieux faire que d'accepter l'offre du chevalier... D'ailleurs, il a voiture, et, pour une femme, c'est là un ami indispensable...

— Toujours aussi curieuse de fêtes, de plaisirs! toujours le monde entre nous! Je ne le vois que trop, Marie, je deviens pour vous un embarras, un obstacle. Vous voudriez me cacher à tous les yeux, n'est-ce pas, vous voudriez...

— Je veux t'aimer pour toi, pour toi seul, et voilà tout. Dois-je afficher, Henri, cet amour coupable, dois-je appeler les soupçons de mon mari sur mon amant? Ici même, à deux pas de ce palais du Luxembourg, où travaille M. Lescombat, cette promenade n'est-elle pas une imprudence?

— Les travaux de votre mari semblent l'absorber entièrement depuis six jours, reprit le jeune homme. Pourtant j'ai cru remarquer en lui une préoccupation peu ordinaire... Hier, cependant, il m'a pris la main avec bonté et s'est promené avec moi dans ce jardin pendant plus d'une heure. Mes assiduités auprès de Blanche le rassurent sans doute, continua Mongeot avec un soupir; il me parle sans cesse de ce mariage qui, vous le savez, ne peut s'accomplir. Que ce double rôle me pèse, Marie : trahir à la fois deux confiances: celle d'une enfant qui ignore qu'on peut mentir; celle d'un vieillard qui est si loin de se croire trompé!

— Vous avez là, Henri, des préjugés d'un autre âge. D'abord, vous n'abusez point cette jeune fille, qui trouvera un mari dès qu'elle le voudra; quant au mien...

— Je ne le trompe pas, n'est-il pas vrai? je ne réside pas sous le même toit que lui, je ne lui tends pas chaque jour cette main humide encore de vos baisers? Cet homme vous aime, Marie! je le hais, je le déteste; mais, tenez, je rougis chaque fois qu'il me parle, je tremble à son aspect comme on tremble devant son juge...

— Il m'aime, dites-vous, mais je ne l'aime pas, moi! Si je vous disais qu'il est emporté, brutal, défiant; si je vous disais qu'il me refuse souvent jusqu'au nécessaire? Vous parlez de ce chevalier de Vera-Crux! Mais, n'est-ce pas lui qui vient récemment de s'employer pour réintégrer M. Lescombat dans sa place d'architecte au Luxembourg? Le chevalier m'a donné un collier, dites-vous; mais il est riche, prodigue, il a, dit-il, de grands biens dans les colonies portugaises de l'Inde. C'est une de ces figures que les femmes ne distinguent que parce qu'elles doivent leur servir d'enseigne; je puis accepter ses empressements sans danger. Tu dois croire, Henri, que je ne dérangerai pas pour cet homme le bonheur de ma vie. Que te dirai-je encore? le chevalier donnera peut-être le change aux soupçons que mon mari pourrait concevoir sur toi... Quant à son collier, puisqu'il te déplait tant, eh bien! je ne le porterai plus!

— Qu'entends-je?

—Oui, puisque tu veux le savoir, ce matin, à l'heure de mon lever, j'ai reçu un billet charmant de madame de Godrecourt. Il accompagnait un écrin dans lequel était un collier, oh! mais un collier plus beau cent fois que celui du chevalier Vera-Crux. J'ai accepté le troc qu'elle m'offrait, non pour la valeur des bijoux, mais pour l'idée que tu y attaches. Ainsi voilà qui est convenu, et maintenant, monsieur, ajouta-t-elle en lui prenant la main, plus d'humeur... plus d'exclamations, de reproches... vous m'allez récompenser tout de suite, car je veux ma récompense, entendez-vous?

— Laquelle? demanda timidement Mongeot qui, dans ce regard et cette voix, ne soupçonna pas la rouerie et le mensonge.

— C'est ce soir, vous le savez peut-être, le premier bal masqué de l'Opéra. Quelqu'un me propose de m'y conduire, mais il faut que vous me dictiez ma réponse à ce quelqu'un... oui, monsieur, j'écrirai sous votre dictée à mon retour...

— Et qui donc aurait osé?...

— Les hommes osent toujours, quittes à se voir refusés. Ce billet du chevalier de Vera-Crux...

Et elle lui présenta un billet charmant sur papier lilas qui ressemblait à un sachet d'odeur, tant il était parfumé. Le jeune homme le lut, et le rendant à madame Lescombat avec un sourire de mépris:

— Vous pouvez répondre à M. de Vera-Crux qu'il s'est trompé, d'abord parce que je vous accompagne à ce bal, puis parce que de tels billets ne s'adressent d'ordinaire qu'aux femmes qui ne refusent pas. Voilà ce que je vous engage à écrire à M. de Vera-Crux.

— De grand cœur! dit-elle en sautant de joie, et avec une expression de sincérité qui trompa Mongeot, de grand cœur! Mon mari est retenu par ses travaux au palais jusqu'à l'heure du dîner, viens dans ta petite chambre, ami, je consens à écrire ce que tu me dicteras. N'es-tu pas ma vie, mon bien? Oh! que ne puis-je t'avouer librement devant ce monde dont je crains les yeux, que ne puis-je dire à tous: — Regardez-le, le voilà celui pour qui je sacrifie tout: mari, honneur, famille! Dussé-je quitter tout pour le suivre, je le suivrai! Que sont tous les autres auprès de lui?

Saisissant alors son bras, et le regardant avec des yeux pleins d'amour, elle l'entraîna bientôt jusqu'à la pension qui était proche. Le cœur du jeune homme battait à coups pressés dans sa poitrine: avec quelques mots, elle avait eu l'art de guérir jusqu'à ses soupçons. Quand il franchit le seuil de la chambre modeste qu'il occupait chez madame Lescombat, tous les souvenirs charmants d'un pareil amour accoururent en foule comme autant d'amis empressés autour de lui: il se revit jeune, timide, essayant ses premiers pas dans le monde, accueilli, dès son début, par une femme dont l'incontestable beauté semblait éblouir de ses rayons ceux qui l'approchaient. Cet espace étroit, témoin de son bonheur, ce lieu solitaire exhalant un parfum d'étude et dans lequel elle avait posé tant de fois le pied comme un de ces anges aimés qui consolent, était devenu un temple sacré pour Mongeot; il y introduisit sa maîtresse avec un frémissement craintif. La fenêtre était ouverte, l'air odorant et tiède malgré la saison, la chambre proprette, les livres rangés. A peine entrée, madame Lescombat se dirigea rapidement vers le tiroir où le jeune homme serrait habituellement ses lettres; il était fermé soigneusement. Mongeot pâlit lorsqu'elle lui en demanda la clef.

— Doutez-vous de moi? lui dit-il avec tristesse. Ces lettres, Marie, n'est-ce pas mon bien le plus cher? ne suis-je pas leur gardien fidèle, et d'autres yeux que les miens?...

— N'importe, je veux les voir, je veux vous prouver que mon cœur n'a point changé. Henri, souffrez que je relise avec vous quelques pages de notre correspondance, dont les indifférents riraient peut-être, mais qui a fait nos jours à tous deux, heureux ou sombres; les relisez-vous quelquefois pour y retrouver mon cœur page à page, pour y reconnaître la trace de mes baisers?

—Celle de mes larmes l'a presque effacée, Marie, dit le jeune homme en ouvrant sa table d'où il tira un petit portefeuille en maroquin noir; les voilà, ces lettres dont je ne me séparerai qu'avec la vie. Je tremble souvent que ce précieux dépôt ne soit menacé; je voudrais pouvoir les soustraire à l'inquisition de votre mari, mais sa confiance en moi n'est-elle pas entière?

— Quoi! vous ne craignez pas qu'un avis secret, perfide?... ou peut-être même le hasard?...

— Vous avez raison; souvent je me réveille la nuit pour toucher ce portefeuille, qui dort à côté de moi. J'ai bien un ami à qui je pourrais confier ces lettres, un ami intègre, honorable... Mais me séparer d'elles, ne plus les voir qu'à de rares intervalles! Quand vous n'êtes plus là, elles me parlent; me séparer d'elles, je le sens, ce serait mourir: elles sont si vives, si passionnées, ces lettres! Ce serait, je le sais, une arme terrible entre les mains de ce juge qu'on nomme un mari. Mais, rassurez-vous, je veille sur elles!

Ouvrant alors le portefeuille, il les mit bientôt une à une sous les yeux de celle qui en avait tracé les caractères. Toutes parlaient d'amour, de passion, d'obstacles, de tout ce qui compose cette trame mobile, inquiète, qu'on nomme la vie des amants. C'était alors la mode de ces singuliers échanges; la manie d'un commerce galant par lettres existait. L'exemple de Benserade qui écrivait, on le sait, celles de Louis XIV à mademoiselle de La Vallière, laquelle avait, dit-on, la naïveté de l'appeler pour y répondre, avait propagé ce goût, même chez les classes bourgeoises; c'est ce qu'aurait pu faire croire certain dossier d'épîtres que la jalousie des époux du temps traduisit devant le grand Châtelet.

Devant ces fragiles monuments de son amour, les yeux de Mongeot se voilèrent de douces larmes; il en lut lui-même quelques passages à madame Lescombat. En tenant le papier, sa main tremblait, sa voix était altérée. L'amoureux jeune homme ne vit point la pâle coupable écouter elle-même avec une secrète terreur ces phrases de tendresse où elle lui semblait avoir mis son âme; il ne la vit point compter et recompter de l'œil les numéros apposés par elle sur ces pages qu'elle se reprochait intérieurement d'avoir écrites.

— Vous m'aimiez alors! reprit-il avec un soupir, vous m'aimiez, Marie, vous m'écriviez tous les jours! Ce temps est passé, et quand je songe que dans huit jours il me faudra mettre entre vous et moi des heures de tristesse et d'absence, quand je songe qu'il me faudra m contenter des heures que votre pitié me laissera... Mais il me suivra ce trésor; mais elles ne me quitteront plus ces lettres, dit-il en cachant le portefeuille dans sa poitrine. Je ne vous demande pas ce que vous avez fait des miennes. Oh! répétez-moi qu'elles n'ont point eu le sort de ces témoignages frivoles dont le caprice ou la vanité des sots vous accable. Dites-moi que vous les gardez...

— Oh! oui, oui, toujours, reprit-elle avec transport; et voilà le cas que je fais des autres! Regarde plutôt: voilà ma réponse à celles que j'ai reçues ce matin. M. de la Popelinière, tu le vois, m'invite chez lui, il veut me revoir après mon apparition à cette fête; ce billet est d'un jeune militaire qui me demande la permission de venir chez moi, sous prétexte de parler à mon mari de choses qui concernent son état. Cet enfant de Mars m'a tout l'air de traiter une beauté militairement. Quant à celle du chevalier de Vera-Crux, la voici, je te la rends ; ne t'es-tu pas chargé de me dicter toi-même ma réponse?

Et en même temps elle déchira ces lettres dont les morceaux jonchèrent le parquet. Mongeot, stupéfait, la regardait faire avec bonheur.

— Merci! s'écria-t-il, merci de ta confiance, Marie. Oui, je crois en toi plus que jamais, oui, oui, je crois que tu m'aimes, et cependant ces hommages...

— Eh bien! monsieur, vous ne me dictez pas ma réponse; j'attends.

— Je ne te dicte rien, je t'obéis, je t'aime; je ferai ce que tu voudras! Il faut seulement nous concerter pour ce bal; il faut en parler à votre mari

— C'est cela, je lui demanderai de m'accompagner ; prépare tout, Henri, je suis si heureuse d'aller avec toi à ce bal! Dans cette foule, sous le masque, nous ne craindrons pas de nous parler; je compte sur vous pour me délivrer des importunités de ce Vera-Crux; s'il venait ce soir, je me charge de l'éconduire. Vous, choisissez à l'avance deux dominos, un pour vous, un pour M. Lescombat. Prenez ce ruban, il nous servira en signe de reconnaissance. Un mot encore : tenons notre partie secrète aux yeux de nos pensionnaires ; allez, dépêchez et soyez de retour avant que la cloche sonne. Je veux que vous essayiez devant moi, ici même, ce domino sous lequel je saurai, seule, qu'il existe un cœur qui bat pour moi.

Et elle le couvrit de longs baisers, et elle l'appela des noms les plus tendres. Mongeot croyait renaître aux transports d'un tel amour; il s'éloigna pourtant, et revint, quelques minutes après, suivi du costumier qui apportait chez lui l'équipement nécessaire.

La métamorphose ne fut pas longue; madame Lescombat semblait prendre elle-même un singulier plaisir à présider au moindre détail de cette toilette d'opéra, qui n'avait rien alors de la sombre uniformité des vêtements d'aujourd'hui.

C'était une ample robe de taffetas couleur cerise; les dentelles en étaient d'un point charmant et l'ensemble des plus frais. Mongeot se hâta d'y attacher le ruban blanc que lui présentait madame Lescombat; il essaya son masque, et après s'être assuré que rien ne manquait, il congédia le costumier dont le magasin, à l'enseigne de la *Cocarde*, était en renom dans tout le quartier du Luxembourg.

Quand il fut parti, il déploya l'autre domino qui devait servir à l'architecte. Celui-là était couleur violette, et de cette nuance éteinte qui convient fort aux maris. On eût dit que le costumier avait deviné.

Ils l'examinaient encore tous deux quand la cloche du dîner tinta. Mongeot n'eut que le temps de quitter son déguisement, qu'il replaça sur son lit. Quand il descendit dans la salle à manger, avant madame Lescombat, l'architecte n'était pas encore arrivé. Les commensaux de cette table entouraient le chevalier de Vera-Crux, qui leur racontait sans doute des histoires merveilleuses en attendant la présence des maîtres de la maison. La rencontre mutuelle de ces deux rivaux amena chez eux un léger froncement de sourcil; mais l'attention du jeune homme se reporta bientôt tout entière sur M. Lescombat qu'il aperçut entrant par la porte basse du jardin, suivi de madame de Godrecourt. A son air soucieux, et plus encore aux discours animés qu'il semblait échanger avec la baronne, Mongeot tressaillit sans se rendre compte de ce mouvement. Il se rassura bientôt en voyant l'architecte se diriger vers lui d'un air amical. Après quelques mots rapides qu'ils échangèrent, quelques compliments que Mongeot reçut de Lescombat sur son uniforme, ils se mirent à la table où tous les pensionnaires se trouvaient réunis ce jour-là. Le dîner fut triste, embarrassé ; la préoccupation de l'architecte semblait accroître chaque fois qu'il rencontrait les yeux de madame Godrecourt... Que lui avait-elle dit? quels soupçons avait-elle fait germer en lui? La question des bals de l'Opéra entamée, Vera-Crux prétendit que c'était le centre de la galanterie et des plaisirs ; que, pour lui, il était bien résolu à y aller, à s'y promener jusqu'au matin, et de plus, dans la société d'une femme charmante, d'une femme adorable à laquelle il enverrait son carrosse. Se penchant alors avec une impertinente familiarité à l'oreille de madame Godrecourt :

— Baronne, lui dit-il, je vous rappelle votre promesse. Madame Lescombat ne va point au bal, je crois; mais vous, n'êtes-vous pas de toutes les fêtes? Que dirait-on, ce soir, si vous manquiez à cette nuit féerique, vous, la baronne de Godrecourt, l'astre de la rue Cassette, la femme avec qui nos marquis doivent être du dernier bien! Allons, voilà qui est convenu, je vous enlève ce soir, et je ferai vingt heureux!

Ces paroles du chevalier surprirent Mongeot.

Madame Lescombat s'était bien gardée le matin de lui dire que tout cela n'était qu'une ruse concertée entre elle et Vera-Crux. Le chevalier joua fort bien son rôle. La froideur que la femme de l'architecte affecta pour Vera-Crux acheva d'abuser Mongeot. Sans doute, se dit-il, elle ne savait comment s'y prendre pour le renvoyer; heureusement il lui en fournit lui-même l'occasion. Quant à madame de Godrecourt, elle demeurait stupéfaite de l'audace de Vera-Crux. Voudrait-il faire un pacte d'alliance avec moi contre ma rivale, se disait-elle, me reviendrait-il, ou prétend-il me jouer?... N'importe, acceptons, laissons-nous courtiser par lui; cela me relèvera un peu aux yeux de ces sots qui ne le connaissent pas comme moi!

Le chevalier, durant tout le temps de ce repas, affecta, en effet, un respect si exagéré pour la baronne, dont la figure était loin pourtant de valoir celle de sa belle hôtesse, qu'il parut à tous avoir fait un siége en règle. En se levant de table, Mongeot lui-même complimenta malicieusement la baronne. M. Lescombat venait de retomber dans ses réflexions ; quelques mots que sa femme lui avait adressés en sortant de table semblaient avoir redoublé ses perplexités.

— Madame Lescombat nous quitterait-elle? reprit Vera-Crux en jouant l'air étonné. Elle vient, je crois, de remonter dans sa chambre. Lui défendriez-vous le bal de l'Opéra? ajouta-t-il en se tournant vers l'architecte qui évita de répondre. En vérité, mon cher, vous êtes aujourd'hui d'un maussade... Vos travaux, sans doute, quelque bévue que vos maçons auront faite. On vous a du moins rendu justice, vous voyez; vous voilà rentré au Luxembourg. J'ai eu du mal, car votre franchise, et votre probité surtout, vous font beaucoup d'ennemis...

— Il est vrai, monsieur le chevalier; que de remercîments j'ai à vous faire! croyez que je ne pourrai jamais m'acquitter...

— Il suffit ; vous me voyez aux anges de vous avoir servi en quelque chose. J'en voudrais faire autant, ma parole d'honneur, pour tous ceux que vous aimez; monsieur, par exemple, continua-t-il en se tournant vers Mongeot, va commencer là un rude métier; je connais cela, moi, qui ai été militaire... Si je puis lui être utile...

— Grand merci, monsieur de Vera-Crux, répliqua Mongeot avec hauteur, je saurai bien faire mon chemin moi-même.

— A votre aise, jeune homme... Votre bras, madame la baronne! Monsieur Lescombat, excusez-moi près de madame... mais une toilette comme la mienne exige des préparatifs...

Et il emmena madame de Godrecourt jusqu'à sa voiture. En refermant la portière, son coureur lui remit en main un petit billet sur lequel un petit ruban blanc était piqué avec une épingle. Vera-Crux le cacha aux yeux inquisiteurs de la baronne ; il avait reconnu l'écriture de madame Lescombat.

Une heure après que ses chevaux l'eurent emporté avec cette Dulcinée d'un nouveau genre, un personnage habillé d'un domino violet poussa subitement la porte de la chambre où Mongeot mettait, de son côté, la dernière main à son travestissement de bal. Le jeune homme pâlit ; il venait de reconnaître l'architecte...

VI

LE BAL DE L'OPÉRA

Le visage de Lescombat était pâle, une sorte de contraction nerveuse l'agitait. Il saisit vivement le bras de Mongeot, et lui présentant une lettre :

— Connaissez-vous cette écriture ? lui dit-il.

— En aucune façon, mon cher, reprit Mongeot à demi rassuré par la vue de ces caractères. Que vous dit cette lettre ? et quel en est le signataire ?

— Aucun, et c'est ce qui me désole. Ah ! si je pouvais tenir le traître qui se joue ainsi de mon repos ; si je pouvais arracher de lui d'autres aveux que ceux qu'il me donne par cette voie détournée ! Lisez, mon cher Mongeot, lisez ; et dites s'il est possible de pousser plus loin l'audace !

Mongeot prit la lettre ; elle contenait ces propres paroles :

« Votre femme prend soin de vous tromper sourdement depuis longtemps ; mais elle ne vous avait pas encore rendu ridicule. Ce soir même, au bal de l'Opéra, elle a donné rendez-vous à un galant qui ne manquera pas de s'en vanter ; le reste vous regarde. Je ne vous demande pas de me remercier de cet avis, dont vous apprécierez l'utilité. Je ne signe pas cette lettre. »

— Eh bien ! que pensez-vous de ceci ? reprit Lescombat. Est-ce une gageure, ou ma femme abuserait-elle réellement de ma confiance ? Vous, mon défenseur, mon ami, vous, chaque jour admis dans mon intimité... parlez-moi franchement, à cœur ouvert : en me demandant tout à l'heure d'aller à ce bal avec elle, madame Lescombat cachait-elle quelque arrière-pensée ? Je ne sais pourquoi ce chevalier de Vera-Crux...

— Y songez-vous, mon cher ? il vient de partir avec la baronne de Godrecourt ! La baronne est riche, elle a un train de maison ; le chevalier a peut-être formé le plan de l'épouser... On dit qu'autrefois certaines relations, dont elle a soin pourtant de se défendre...

— Oui, je sais... mais c'est que les discours de la baronne s'accordent merveilleusement avec cette épître. Elle est venue me voir ce matin au Luxembourg, et dans sa conversation...

— Eh bien ?

— Eh bien ! j'ai cru surprendre quelques avertissements ambigus, quelques phrases tortueuses sur la conduite de ma femme.

— Quoi ! reprit Mongeot sérieusement alarmé, madame de Godrecourt vous aurait-elle révélé...

— Je la sais envieuse de madame Lescombat, amie de caquetage, d'intrigues ; aussi n'avais-je pas fait d'abord grande attention à ses paroles ; mais cette lettre, cette lettre...

— Oubliez-vous, mon cher Lescombat, que c'est le mois des lettres anonymes ? De pareils avis... Madame Lescombat est belle, sa beauté doit lui faire des ennemis... qui vous dit que quelque rivale...

— C'est possible, mon cher Mongeot ; mais je connais madame Lescombat... elle est vive, coquette, rebelle aux conseils qu'on peut lui donner : le plaisir est tout pour elle : qu'on l'admire, qu'on la vante, et que personne ne l'aime ? cela, faut-il vous le dire, suffirait à ce cœur profondément égoïste, à cette femme qui ne vit que dans la contemplation d'elle-même. Ah ! vous ne savez pas tout ce que je souffre, et comment le sauriez-vous, vous, si jeune, vous, qui ne lisez sans doute sur tous les visages que la joie et le bonheur. Mais, si je vous ai choisi pour conseiller, c'est que je n'ai point oublié votre généreuse conduite le jour d'une lâche attaque dirigée contre moi ; c'est que si mon bras peut mal soutenir mon courage, le vôtre est jeune et peut me venir en aide .. Non que je veuille réclamer de vous le soin de punir celui qui m'attaquerait dans mon honneur, mais à côté de vous, je me sens plus jeune, moins brisé par la fatigue et le chagrin !

Il s'était relevé en prononçant ces paroles, et ses yeux brillaient d'un feu que jusque-là le jeune homme n'y avait point encore remarqué. Cette figure maigre et sèche, sillonnée de rides profondes, semblait alors avoir reconquis toute la vigueur d'une première jeunesse. C'était une de ces eaux fortes de Rembrandt, auxquelles un éclair suffit pour rendre leur premier lustre. Mongeot le considérait avec une morne attention ; le doute, le soupçon se réveillaient en lui en entendant parler cet homme ; il y avait entre eux un lien incompréhensible de malheur. Ces deux cœurs étaient blessés.

— Vous vous exagérez les torts de madame Lescombat, dit Mongeot en faisant un singulier effort sur lui-même. Qui peut vous faire penser qu'infidèle à ses devoirs...

— Je n'ai pas de preuves, je ne sais rien ; mais si quelque lueur venait m'éclairer, loin de la repousser comme ces époux trop faciles, croyez bien, Mongeot, que j'irais moi-même au devant de la vérité. En épousant madame Lescombat, je n'ai compris que trop le danger d'une telle union. Surveillant incommode de ses plaisirs, je sens que chaque jour je l'obsède et je la lasse. Je ne suis pas, Mongeot, un de ces maris qui plaisent, mais, en me dévouant aux intérêts de madame Lescombat, je croyais du moins acquérir un droit sur elle ; je lui ai sacrifié quinze années de travaux, de lutte, de persévérance. Ma complaisance pour elle a été flétrie, je le sais, du nom de faiblesse ; mais je saurai bien lui apprendre à respecter moi-même le nom qu'elle porte ; et dussé-je engager mon honneur et ma réputation dans cette lutte, je ne reculerai point devant un éclat.

L'architecte reprit, après un silence de quelques minutes :

— Mais de quoi viens-je ici vous entretenir, Mongeot ? Il vous faut le bal, l'étourdissement, le plaisir ; vous ne promènerez pas, comme moi, dans ce lieu la tristesse et l'inquiétude qui rongent. Vous êtes aimé, Mongeot, votre sourire rencontre chaque jour le sourire d'un ange. Cette jeune fille élevée sous les yeux d'un vénérable tuteur, cette perle de candeur et d'innocence qu'on nomme Blanche...

— L'auriez-vous vue ? demanda le jeune homme avec un frémissement de crainte. Lui auriez-vous parlé ? Que vous a-t-elle dit ?

— Ce que disent toutes les jeunes filles, Mongeot : qu'elle a mis en vous son espoir et son bonheur. Oh ! si vous aviez pu voir, comme moi, les douces larmes qui débordaient de ses yeux, comme d'un calice trop plein ; si vous aviez pu entendre ce qu'elle me disait de vous ! J'ai visité votre chambre, elle n'y est entrée qu'avec frayeur. « Depuis qu'Henri n'habite plus ici, m'a-t-elle répété, je crois voir chaque soir un fantôme blanc au pied de son lit ; il m'aborde, me sourit, puis me donne sur les lèvres un baiser si froid que je retombe inanimée sur cette chaise. Oh ! monsieur Lescombat, vous qui l'approchez à toute heure, dites-lui que c'est mal de me causer des frayeurs pareilles, dites-lui que si l'on ne hâte pas ce mariage... » Je l'ai rassurée en lui répondant que tout mon bonheur serait de vous voir unis, que j'allais moi-même entreprendre un voyage en Italie avec ma femme. Avant de partir, je veux du moins vous savoir heureux, Mongeot, je veux que le bonheur, qui m'a manqué en ménage, vous le rencontriez, vous, dans cette union que le ciel ne peut manquer de bénir. D'après mon conseil, Blanche doit venir demain soir dans mon cabinet, où d'Aquin m'a demandé de régler avec lui un contrat. Je crois aller au devant de vos désirs, mon cher Mongeot; je vous conjure, en revanche, de ne point me quitter pendant cette nuit... cette nuit qui renversera peut-être en quelques instants ma vie et mes espérances! J'entends, je crois, le carrosse de place qui doit nous conduire à l'Opéra, il s'arrête sous nos fenêtres. Madame Lescombat doit être prête; gardez-vous de lui laisser soupçonner notre entretien. Grâce à ma vigilance, j'espère encore empêcher...

Tous deux descendirent bientôt dans l'appartement de madame Lescombat, où ils la trouvèrent debout, son masque à la main, et dans tout l'attrait éblouissant de son costume. Un domino de soie blanche, orné d'un effilé d'or, emprisonnait sa taille avec une coquetterie délicieuse; il ne descendait pas plus loin que la saignée et laissait à nu des bras d'un moule ravissant. Mille odeurs charmantes s'échappaient de cette toilette que Mongeot ne se donna guère le temps d'examiner, tant le jeune homme était encore troublé des dernières paroles de l'architecte.

Arrivés sous le péristyle de l'Opéra, encombré alors d'une multitude de chaises et de carrosses, ils franchirent à grand'peine l'escalier chargé d'arbustes, et pénétrèrent bientôt dans cette salle miraculeuse dont les gravures de Pétrus Longhi, à Venise, pourraient seules nous rendre aujourd'hui l'idée. Là, parmi des dominos de toutes couleurs, des costumes de caractère se faisaient jour, et promenaient leur quadrille diversifié. L'architecte donnait le bras à sa femme, lorsqu'un polichinelle de haute taille vint lier subitement, à sa suite, conversation avec Mongeot.

Il était sans doute instruit de son déguisement, car il lui conta mille particularités qui le concernaient.

— Savez-vous, mon cher, que vous accompagnez là une fort belle femme? elle n'a qu'un tort : c'est de donner rendez-vous à des galants qui la compromettent.

— Que prétendez-vous dire, monsieur? répondit Mongeot fort intéressé à éclaircir ce débat.

— Cela me regarde, mon cher, il ne tient qu'à vous de vous éclaircir, et si mes propos vous déplaisent, je suis homme à vous rendre raison sous l'un de ces réverbères. Aussi bien, je trouve ce ruban fort laid, continua le masque en faisant mine d'y porter la main.

Mongeot répondit à cette tentative par un vigoureux soufflet. Cette altercation n'avait pu être entendue de Lescombat, car un flot de masques l'avait déjà séparé du jeune homme. L'adversaire de Mongeot lui prit le bras, et s'adressant à deux autres dominos qui venaient de se rapprocher de lui à point nommé :

— Vous plairait-il, messieurs, de me servir de témoins? demanda le polichinelle. Le temps d'ôter mes bosses, ce sera l'affaire d'un instant.

Et il descendit avec une prestesse charmante, et gagna le coin de la rue du Lycée avec Mongeot.

— A bas les masques, messieurs! dirent les témoins, nous devons savoir à qui nous avons affaire.

Mongeot dénoua le cordon du sien, et l'homme au soufflet en fit autant.

— N'oublie pas ta botte italienne, mon cher d'Aubignac, murmura à voix basse le témoin du polichinelle. Surtout dépêchons, car Vera-Crux nous attend au bal. Et tu sais que c'est ce soir qu'il doit triompher de sa cruelle. Les paris sont ouverts; tâche un peu de lui faire gagner le sien.

— Sois tranquille, reprit d'Aubignac; et s'acculant sur sa garde, il porta à Mongeot un coup dont le jeune homme avait sans doute compris le danger, car il rompit de quelques semelles.

— En vous remerciant, reprit-il, voilà un coup dont on ne m'a pas appris à me servir; en revanche, que dites-vous de celui-ci? Et recourant adroitement au contre de quarte, il releva subtilement l'épée de son adversaire, en lui envoyant, dans la poitrine, une riposte qui le jeta sur le carreau.

— Par ma foi, tu as trouvé ton maître, mon pauvre d'Aubignac, reprirent les deux spectateurs du combat, en se hâtant de le remettre sur pieds. Le marquis perdait du sang en abondance, et il eut quelque peine à se traîner jusqu'au cabaret des *Trois-Cuillères*, qui était proche...

Mongeot avait regagné rapidement la salle de bal; il s'y épuisa en mille recherches pour retrouver la trace de madame Lescombat. Il semblait que le hasard se fît un malin plaisir de déjouer ses démarches... Deux heures s'étaient écoulées déjà dans ces courses infructueuses, lorsque la fatigue l'obligea de s'asseoir dans un corridor obscur, où il ne passait qu'un fort petit nombre de dominos. La chaleur étant excessive, Mongeot se dégagea un moment de son masque pour respirer. Une exclamation étouffée retentit à côté de lui; le jeune homme se retourna. La personne qui semblait avoir poussé ce cri se tenait droite, immobile, devant lui. A sa vue, Mongeot éprouva un tremblement qu'il eut peine à réprimer.

— Serait-ce vous, mon Dieu, vous, Blanche, vous ici! reprit-il en examinant la taille et la main de celle qui venait de se serrer contre lui avec un mouvement d'inquiétude. Et d'Aquin, où donc est-il?

Elle lui montra du doigt son compagnon affublé d'une longue robe tombante et d'un capuchon de moine. L'honnête organiste ne manqua pas de se récrier devant Mongeot sur l'extravagance de cette petite folle qui lui avait fait revêtir un pareil travestissement.

— Allez, ce n'est pas sans peine, reprit Blanche à l'oreille du jeune homme; imaginez-vous qu'il se croyait damné sous cette robe et ce masque! il refusait presque de m'accompagner, lui qui jusqu'à présent ne m'a jamais rien refusé! comme si je n'avais pas le droit de savoir par moi-même ce que devient mon futur mari! Car, vous l'ont-ils dit, ils dressent dès demain les articles de notre contrat. Oui, c'est un complot entre mon oncle et M. Lescombat; ce pauvre oncle, il s'est donné un mal! Mais qu'avez-vous donc? vous semblez ne pas m'écouter; remettez votre masque...

— Rien .. je vous assure... j'avais cru voir... une illusion sans doute. Mon cher d'Aquin, reprit le jeune homme, avez-vous rencontré M. Lescombat à ce bal?

— Et comment, dites-moi, aurais-je pu le reconnaître dans ce lieu où personne n'a son visage? J'étouffe sous ce morceau de carton, et ce que nous ferons de mieux, croyez-moi...

— Oh! mon bon petit oncle... un moment encore; laissez-moi parler à Henri, je le vois si rarement. Mais demain, ô bonheur! oui, demain, je dîne à la pension, chez ma marraine... Demain, nous serons heureux, cher Henri, demain, plus de soucis, d'obstacles... Le vilain qui ne me répond seulement pas! Mais que regardez-vous donc, monsieur?

Ce que Mongeot examinait alors avec un prodigieux étonnement méritait à coup sûr son examen... C'était un domino de la couleur du sien, portant sur sa poitrine le même ruban que lui; il descendait l'escalier et paraissait chercher quelqu'un avec anxiété parmi tous les groupes qui l'encombraient. Un soupçon cruel traversa l'esprit du jeune homme; il se fût précipité à la poursuite de cet inconnu, si Blanche ne s'y fût opposée.

— Vous pouvez bien laisser vos amis pour moi, dit-elle d'un ton de dépit. Celui-ci, vous le voyez, vient de se perdre dans la foule... Pour madame Lescombat, elle aura sans doute regagné son logis depuis longtemps... Vous ne refuserez pas de nous servir de guide?

— En vérité, reprit-il d'un air d'embarras qu'il s'efforça vainement de cacher, en vérité, je ne puis... j'ai promis à quelques anciennes connaissances de paraître à un souper... Je crains d'ailleurs qu'à ce bal M. Lescombat n'ait besoin de moi... il m'a fait jurer...

Elle ne répondit rien à ces paroles, mais elle dégagea tristement son bras de celui qui semblait à peine l'écouter... Deux larmes amères que Mongeot n'entrevit pas sous son masque s'échappèrent de ses yeux pour rouler sur sa poitrine. L'horloge du foyer de l'Opéra avait sonné trois heures.

— Partons! s'écria-t-elle en prenant le bras de d'Aquin, et elle disparut sans que Mongeot songeât seulement à la rappeler... Il demeurait en proie à un vertige de torpeur qu'il lui semblait impossible de secouer, mille idées confuses bourdonnaient dans son cerveau. En fouillant de nouveau les rangs de cette foule qui commençait pourtant à s'éclaircir et interrogeant avidement chaque domino, il rencontra une femme en riches falbalas qui semblait aussi affairée que lui, et demandait à tous des renseignements qu'on se faisait peut-être un malin plaisir de lui refuser. Dans cette femme, il n'eut pas de peine à reconnaître la baronne. Les premiers mots qu'elle lui adressa, comme à tant d'autres, le firent tressaillir... peut-être allaient-ils le mettre sur la voie. Il n'en put tirer pourtant d'autres renseignements que ceux-ci : le chevalier de Vera-Crux l'avait amenée en frac jusqu'au péristyle de l'Opéra, en lui promettant de la rejoindre. Quant à la couleur du domino qu'il avait revêtu, elle l'ignorait entièrement.

— Et Lescombat? demanda Mongeot.

— Je ne l'ai point vu, et j'ignore également sous quel costume il accompagnait sa femme. Mais vous, vous, mon cher, comment avez-vous pu perdre leur trace?...

— Une affaire, un duel... oui, je vous conterai cela demain. Vous comprenez qu'ici le bal est pavé d'espions; mon homme est mort peut-être, et je ne veux pas avoir de démêlés avec le guet!

Il prit congé d'elle, et se jetant dans un fiacre, il regagna bientôt la pension de madame Lescombat. Seul d'entre les pensionnaires, Mongeot avait une clef du jardin, ce qu'ignorait M. Lescombat lui-même. Il en profita pour gagner rapidement sa chambre où il espérait trouver peut-être une lettre à sa cachette ordinaire, son oreiller... Mais tout reposait dans la maison, et nulle lumière n'en échancrait les fenêtres. Le jeune homme se résigna, avec tristesse, à attendre jusqu'au lendemain les détails du bal. Sans doute l'architecte, désolé de l'avoir perdu à l'Opéra, avait prudemment soustrait madame Lescombat aux dangers dont le prévenait cette lettre. Ce qui le confirma dans cette idée, c'est que les persiennes du cabinet de M. Lescombat étaient fermées, précaution qu'il prenait seulement les nuits où il ne travaillait pas. La fatigue accablait tellement Mongeot, qu'il se jeta sur son lit tout habillé, après avoir essuyé toutefois avec soin le sang qui teignait son épée... Il laissa sa clef à la porte, comme de coutume.

VII

LE PAVILLON

Mongeot s'était trompé; l'architecte ne dormait pas.

Accoudé sur une grande table à pieds de biche chargée de papiers épars, de devis, de plans, de comptes divers, Lescombat semblait avoir pris à tâche de se distraire par une occupation forcée de cette inquiétude poignante dont il n'avait pas fait mystère à Mongeot, et que les incidents du bal étaient loin d'avoir calmée.

En effet, dès ses premiers pas dans cette foule, Lescombat n'avait-il pas perdu le jeune homme de vue! Par quel incident, quel caprice du hasard avaient-ils été séparés? C'est ce qu'il ignorait, et cette conduite lui semblait inexplicable.

Même après la disparition de son pensionnaire, il avait cru, en effet, le revoir dans les galeries à plusieurs reprises, mais aussi à trop longue distance pour qu'il pût échanger avec lui quelques paroles. C'était bien la couleur et le ruban de son domino; c'était bien sa taille, son air. Autant que Lescombat avait pu s'en convaincre, Mongeot lui avait paru inquiet; à chacune de ces rencontres, il avait même évité de répondre à ses moindres signes. Tout d'un coup il ne l'avait plus vu... et à peine revenu chez lui, il avait pris soin de s'assurer qu'il n'était point rentré dans sa chambre.

— Lui serait-il arrivé quelque affaire? se demandait Lescombat, ou bien aurais-je eu tort de compter sur lui pour m'aider de sa personne et de son courage en cas de besoin? Quelque folie de jeune homme peut-être, quelque rendez-vous dont il n'a point voulu me parler. Grâce au ciel, je n'ai rien vu à ce bal qui puisse donner gain de cause à mes soupçons, et cependant...

Ma femme dort, sans doute, reprit-il après avoir prêté l'oreille au milieu du profond silence qui l'entourait. Cinq heures!... Tout est calme dans cette maison, excepté moi... Quels étaient donc ces jeunes fous qui me regardaient à la sortie? Un pari semblait s'être engagé entre eux... et il me semblait que le nom de ma femme était mêlé dans ce pari? Quelques roués qui voudraient sans doute se venger de ses dédains, en cherchant à la compromettre... Oui, j'y suis résolu plus que jamais, je m'éloignerai, je partirai avec elle... Ce voyage en Italie que je projetai, il y a deux ans, je ne puis trouver un meilleur moment pour l'effectuer... En quittant Paris, je n'emporte aucun regret!

Voilà mes clefs, continua-t-il en les comptant une à une dans le cercle qui les retenait, il n'y manque pas même celle du pavillon... Ce pavillon, reprit-il avec un sourire forcé, conviendrait mieux à un grand seigneur qu'à moi!...

Et il se promena à grands pas dans l'appartement, en jetant de temps à autre les yeux sur la pendule du cabinet... Il écoutait les bruits perceptibles à peine de la rue, et il retournait bientôt s'atteler à son travail d'un air rêveur.

— Il ne revient pas! il est à souper peut-être! C'est surprenant : ma femme, qui paraissait d'abord aussi inquiète que moi, s'est calmée... Quelle est donc cette bouquetière qui s'est approchée d'elle en lui offrant des fleurs? Il m'a semblé qu'elle lui avait glissé quelques paroles à l'oreille. Je viens de relire vingt lettres, nulle ne ressemble à l'écriture de ce billet anonyme. Serait-ce la baronne qui aurait voulu se jouer de moi, éveiller ma jalousie? Elle ignore, hélas! que la mienne ne s'endort pas, et qu'ici du moins rien ne pourrait arracher la coupable à ma vengeance... Elle m'a quitté en me laissant dans ma chambre où elle me croit sans doute livré au sommeil : plût à Dieu qu'il pût clore ma paupière! La fatigue de ce bal, les émotions de cette journée... Oui, je sens que ma tête s'alourdit, je sens que peu à peu... Mon Dieu! veillez sur elle et préservez-moi de tout, s'écria-t-il en se relevant avec effort, car je ne sais pourquoi je tremble; je ne sais pourquoi, depuis ce soir, cette voix bien aimée, la voix de celle à qui j'ai uni mon sort pour la vie, ne rassure point mon cœur! Ayez pitié de moi, mon Dieu, ayez...

L'architecte n'acheva pas sa phrase, il se vit lui-même contraint de céder à l'épuisement de ses forces... A peine venait-il de s'endormir ainsi d'un sommeil profond, rapide, que madame Lescombat, entr'ouvrant avec précaution la porte de cette chambre, approcha de son mari, et s'emparant du trousseau de clefs, elle en détacha celle du pavillon. Elle était vêtue d'une robe noire qui descendait jusqu'aux talons, et elle ne tarda pas à se diriger vers le jardin.

Ce pavillon octogone, dont pas un hôtel ne devait alors se passer, occupait l'extrémité de la maison, il était décoré intérieurement et au dehors à la chinoise. Le petit jour commençait déjà, mais un jour si faible qu'elle eut besoin de s'appuyer sur quelques branchages morts pour bien distinguer sa route. Arrivée au pavillon, elle en poussa vivement la porte. Une ombre parut se glisser furtivement à sa suite... Tout reprit bientôt son silence accoutumé autour de ce lieu.

Tout d'un coup, et au milieu du sommeil qui l'enchaînait, Lescombat parut éprouver un frémissement singulier : une agitation graduelle, inexplicable, semblait dominer ses moindres gestes ; il se leva bientôt, les cheveux baignés de sueur, l'œil hagard, la poitrine haletante ! Pour comprendre ce soudain réveil, il aurait fallu, comme l'architecte, connaître chaque détail de la pièce mystérieuse où il se trouvait.

Lambrissé d'immenses panneaux de chêne dans toute sa hauteur, ce cabinet, dans lequel couchait souvent l'architecte, possédait de fort longues frises que le moindre bruit rendait sonores, comme autant de sortes de voix mystérieuses ; des conduits cachés qui aboutissaient au pavillon traduisaient fidèlement à l'oreille chacun de ces bruits, et par contre-coup le pavillon répétait ceux du logis. Cet ingénieux mécanisme, inventé sans doute par le caprice ou la jalousie du maître, et dont plusieurs hôtels offraient le modèle, apportait, il faut le croire, en ce moment, d'horribles révélations à l'architecte, car il se pencha avidement quelques secondes vers le centre de ces perfides échos. A voir sa pâleur et son immobilité, on eût cru vraiment qu'il était de marbre ; il retenait son souffle et semblait en proie à la plus affreuse anxiété.

— Vous avez donc pu vous débarrasser de ce jaloux ? disait une voix ; en ce cas, vous êtes plus heureuse que moi. Obligé de vous suivre à distance pendant tout ce bal... heureusement que je n'avais pas perdu notre signe de ralliement, ce ruban...

— Je vous remercie de votre prudence, répondait une voix plus douce, il m'a reconduite ici toute troublée de votre absence, sans cette bouquetière envoyée par vous bien à propos, et qui a pu du moins me prévenir... Mais qu'aviez-vous à me dire ? ne pouvions-nous donc attendre à demain ? Il y eut alors quelques chuchotements si bas que l'architecte n'en put comprendre le sens. Un silence glacial de quelques minutes succéda, et le dernier mot que Lescombat surprit fut le nom de son pensionnaire, celui de Mongeot.

Saisissant alors son épée, l'architecte sortit rapidement, son trousseau de clefs à la main. Arrivé au pavillon, il parut surpris de n'en pas trouver la clef. Mais par une imprudence qui le servit, les coupables en avaient laissé la porte ouverte. Cette première porte conduisait à un petit salon soigneusement clos, et dont, au bruit que firent les pas de Lescombat sur les feuilles, on semblait avoir éteint rapidement les lumières. Presqu'en même temps l'on s'était tu, et la respiration de ceux qui se trouvaient dans le pavillon était le seul bruit qu'on entendît.

En ce moment critique, solennel, l'architecte frappa du pied sur le parquet, avec un cri de joie étouffé qui pouvait ressembler au rugissement d'une bête fauve ; alors aussi, et comme au coup de baguette d'un magicien, une partie du salon tourna rapidement elle-même sur un pivot, et vint présenter aux regards de Lescombat les deux hôtes mystérieux du pavillon.

A la vue de l'architecte, le personnage qui tenait encore la main de madame Lescombat serrée dans les siennes, se dégagea subitement de l'étreinte de l'architecte qu'il venait de désarmer par un brusque mouvement. Avec une agilité peu ordinaire, il se glissa bientôt dans les massifs du jardin, à travers lesquels Lescombat chercha vainement sa trace. Tout ce que Lescombat put voir aux lueurs douteuses d'un demi-jour, c'est que cet inconnu, qui avait remis son masque et dont il n'avait pu distinguer les traits, portait un ruban blanc sur un domino grise. Se dirigeant alors, par un mouvement instinctif, vers la chambre de Mongeot, il entr'ouvrit sa porte légèrement et trouva le jeune homme endormi tout habillé sur son lit. Ses pieds gardaient encore l'empreinte de ce sable humide et fin qui jonchait les allées du jardin de l'architecte.

Il allait, dans sa rage, se précipiter sur lui, lorsque madame Lescombat, qui l'avait suivi en se soutenant à peine, l'entraîna rapidement hors de cette chambre, dont elle referma la porte sur son amant.

Le lendemain de cette scène, dont les pensionnaires de M. Lescombat ne pouvaient se douter, puisque, à l'exception de Mongeot, aucun n'habitait la maison de l'architecte, cette demeure, aussi paisible qu'un couvent, semblait avoir repris son calme ordinaire.

Retiré dans son cabinet, l'architecte n'en était point sorti de la journée. Vainement madame Lescombat eût-elle voulu forcer cette consigne ; son mari l'avait enfermée elle-même à double tour dans sa chambre.

Pour le jeune homme, à peine levé à la suite de ce sommeil long et pesant qui suit un bal, il n'eut rien de plus pressé que de récapituler en lui-même les événements de sa nuit à l'Opéra. Les suites de son duel sous les lanternes de la rue du Lycée l'embarrassaient beaucoup moins que ce contrat que l'organiste et Blanche semblaient avoir tant à cœur de lui voir signer le soir même ; il restait surpris, par-dessus tout, du silence de madame Lescombat à son égard.

— Un billet, un mot lui aurait si peu coûté ! Comment n'a-t-elle pas trouvé le temps en rentrant hier au soir ?..

Et il avait interrogé Gervais sur la santé de ses hôtes. Le vieux serviteur, étonné de ne pas voir paraître l'architecte et sa femme, n'avait pas manqué de répondre que la fatigue du bal pouvait seule les retenir encore au lit.

— Il n'est que dix heures, monsieur, avait-il dit à Mongeot : ce matin, ma foi, vous avez l'humeur d'un jeune pinson. Où courez-vous donc avec ces deux lettres ployées comme des billets de mariage ?

Ce dernier mot avait fait tressaillir le jeune homme. Il se remit bientôt et reprit :

— Je vais à l'Ecole militaire, mon bon Gervais. Ces lettres sont pour deux amis que j'ai recrutés hier au bal de l'Opéra et que j'ai invités à venir partager le dîner de la pension... Comme il se pourrait faire qu'ils oublient...

— Miséricorde ! deux officiers ! Et c'est vous qui régalez, monsieur Mongeot ?

— Oui, mon cher Gervais, une façon de me faire bien venir à mon corps. Tu diras à mademoiselle Brulart, notre cuisinière, de se surpasser. Ce sont deux gaillards affamés comme des vampires...

— Soyez donc tranquille, monsieur Mongeot, on vous aura du soigné et du pas trop cher. Vers quelle heure reviendrez-vous ?

— Pas avant quatre heures, puisque tu me dis qu'à ce moment-là madame Lescombat sera levée. Personne ne l'accompagnait hier en rentrant ? demanda Mongeot, à voix basse, au domestique.

— Personne, monsieur, si ce n'est M. Lescombat. Le pauvre cher homme ! l'envie m'a pris de le regarder tout à l'heure par le trou de la serrure, il est pâle, mais pâle... Après cela, on dit que le bal de l'Opéra vous fait rentrer les jambes dans le corps... Je n'y suis jamais allé, et c'est seulement par ouï dire...

— C'est bien, dispose tout en conséquence ; à ce soir !

Et il avait gagné rapidement l'Ecole militaire, par un froid qui rendait sa marche plus pressée. En arrivant, il trouva sur l'esplanade ses deux témoins de la nuit précédente, qui ne se faisaient faute de raconter en ce moment son coup d'épée. Dès qu'ils l'aperçurent, ils le présentèrent à leurs camarades en lui serrant la main fraternellement. Mongeot avait mis leur nom, tant bien que mal, sur leurs lettres ; ils en plaisantèrent en lui disant que c'était tout simple qu'il estropiât le nom des gens, lui qui les tuait si proprement.

— Cet homme serait-il mort? demanda Mongeot, j'espérais l'avoir seulement blessé.

— Autant que j'ai pu voir, reprit le chevalier du Boscq, si cet oiseau de nuit n'a pas une vie de rechange à son service, il doit être bien mort à présent. Vous faites bien les choses, mon jeune ami.

— Et votre maître d'armes doit être fier, continua M. de Gontran, le second témoin de Mongeot. Ah çà! vous dites donc que nous dînons aujourd'hui ensemble? Malepeste! rue Garancière, cela n'est guère près de l'Ecole; aussi, tenez, nous vous gardons jusqu'à quatre heures!

Il aurait été difficile à Mongeot de se soustraire aux prévenances de ses nouveaux camarades; il lui fallut subir à la fois l'examen complet de l'Ecole et les reproches de M. de Croismare, le directeur, qui le blâma sévèrement de son imprudence.

— Je ne soupçonnais guère, en apprenant de ces messieurs ce beau fait d'escrime, que vous en étiez l'auteur. Heureusement que c'était à l'Opéra! Qui dirait qu'avec cette figure de demoiselle vous puissiez être duellis e!

Pendant que Mongeot prenait des mesures avec MM. du Boscq et de Gontran pour amortir l'éclat dangereux d'une telle affaire, il ne pouvait s'empêcher de songer qu'il eût mieux valu peut-être pour lui recevoir un bon coup d'épée que de n'avoir aucune objection valable à faire au brave organiste pour la signature de ce contrat. L'excuse naturelle d'une blessure reçue eût peut être reculé pour lui l'instant fatal; mais cette comédie de roué trouvait dans sa conscience un écho de réprobation. Il lui vint en idée à plusieurs reprises d'aller trouver d'Aquin ou d'écrire à Blanche; mais madame Lescombat ne lui avait-elle pas fait une loi de tromper son mari jusqu'à la fin, et ce mariage ainsi arrêté ne devait-il pas écarter de lui toute défiance? Inquiet, embarrassé pendant sa promenade à l'Ecole militaire, le jeune homme avait besoin de songer à son amour, pour y puiser des forces contre la lâcheté d'un tel rôle... Mais, nous l'avons dit, il était sous l'obsession de sa croyance, l'image de cette femme planait entre lui et sa pensée comme celle d'un mauvais ange. Les orages qui bouleversent l'âme ont cela d'affreux, que l'on n'entend que leur voix.

Ce même matin cependant, l'organiste, paré d'un de ses plus beaux habits, s'était rendu vainement à la chambre du jeune homme... Il voulait sans doute sonder son cœur une dernière fois, lui qui en connaissait les blessures, lui qui, en habile médecin, voulait le sauver par un remède brusque, et trancher le mal dans sa racine. Le vieillard redescendit morne et triste les marches de l'escalier qui l'avaient conduit chez Mongeot; il était trois heures, et il frappa vivement à la porte du cabinet de Lescombat...

— J'ai précédé Blanche, lui dit-il après avoir attendu quelques minutes que l'architecte vînt lui ouvrir. Mais, Dieu me pardonne!... j'ai cru que Gervais m'allait faire faire antichambre! Comme te voilà pâle, continua l'organiste après avoir considéré son ami.

— Ce n'est rien, la fatigue du bal... je suis rentré tard cette nuit, reprit Lescombat.

— A qui le dis-tu? j'ai de tes nouvelles.

— Comment?

— Tu vas ouvrir de grands yeux, mais je puis bien te le dire à toi, mon ami depuis vingt ans. J'étais hier au bal de l'Opéra...

— Au bal! et tu m'y as vu?

— Non, mais j'ai vu quelqu'un qui t'y cherchait... Ce pauvre Mongeot... mon Dieu oui... il était désespéré de t'avoir perdu, le pauvre garçon! Ah çà! j'espère que tu vas me lire la teneur du contrat; tu sais que moi je ne me pique pas d'être homme d'affaires, procureur, clerc d'avoué.. tandis que toi, qui par état es appelé à traiter avec les seigneurs... et leurs intendants!... J'ai fait prévenir maître Robertot pour huit heures; nous signerons à l'issue du dîner... Mais qu'as-tu donc? tu as l'air de ne pas écouter... serais-tu souffrant?

— Moi! pas le moins du monde... tu peux lire si tu le veux...

— Tes pattes de mouches, merci! je ne me charge pas de déchiffrer tes brouillons...

— Ne m'avais-tu pas demandé une minute de l'acte?... je n'ai pas eu le temps de recopier, je vais te la lire...

— Pour peu que cela te gêne, remettons cela à demain. Tu m'effraies... tu as l'air vraiment d'être malade... Demain, si tu es mieux...

— Non, pas demain, je veux que ce soit aujourd'hui même, reprit Lescombat d'une voix brève et avec un regard dont la fixité surprit l'organiste. Et il se mit à lire à d'Aquin l'acte projeté. A mesure qu'il parlait, sa voix se séchait dans son gosier, sa respiration devenait plus lente et plus pénible. Quand il arriva au nom de Mongeot, il s'arrêta tout d'un coup comme malgré lui, ses bras se raidirent, la sueur couvrit son front. L'organiste eut peur et courut au cordon de la sonnette.

— N'appelle pas, d'Aquin, n'appelle pas, murmura l'architecte d'une voix éteinte, ce n'est rien, non, rien... poursuivit-il en essayant de se remettre.

— Saurait-il quelque chose? pensa le vieillard. Mongeot aurait-il fait quelque imprudence à ce bal?

Et d'Aquin examina Lescombat avec l'effroi d'un coupable qui, lui-même, va se voir bientôt forcé de répondre devant son juge... La physionomie de l'architecte avait reconquis son immobilité habituelle, ses mains venaient de ramasser le papier, et il le considérait d'un air profondément attentif. Tout d'un coup des éclats de voix bruyants partirent de la pièce d'entrée: c'était Vera-Crux arrivant d'un côté avec un de ses amis; de l'autre, Mongeot suivi de MM. du Boscq et de Gontran. Ils échangeaient entre eux une foule de politesses narquoises de garnison, avec lesquelles s'abordent les nouveau-venus. Mongeot avait couru tout d'un trait à la chambre de madame Lescombat. Elle n'y était plus, elle se promenait déjà parée dans le jardin, car Gervais avait reçu l'ordre de lui ouvrir avant l'arrivée de l'organiste. Dès que le jeune homme l'eut aperçue à travers les carreaux de la fenêtre, il fit quelques pas pour la rejoindre, mais elle le prévint en entrant elle-même précipitamment dans la salle à manger. Presque en même temps une autre porte s'ouvrait, c'était celle du cabinet de Lescombat. La présence de l'architecte, derrière lequel d'Aquin se tenait timidement, sembla glacer toutes ces figures; il essaya de sourire, comme de coutume, à Mongeot, et salua les nouveaux invités qu'il lui présentait.

Si jamais réunion de personnages offrit au crayon du romancier une série d'études qui semblerait exiger plus de dimensions que celles d'une nouvelle, c'était à coup sûr celle que le hasard amenait ce jour-là chez madame Lescombat. Pas un des convives n'était agité, en effet, des mêmes sentiments. Chez l'architecte, c'était une rage active, concentrée comme la matière qui bout, un ressentiment profond, plâtré des dehors polis, ordinaires aux maîtres de maison; chez sa femme, c'était la peur, la peur qui sourit, la peur qui cherche à emprunter le masque d'une hardiesse tranquille. Pour d'Aquin, placé à côté de Lescombat, il le voyait encore pâle et renversé sur sa chaise le moment d'avant, sous le poids d'une révélation ou d'une découverte terrible... En vain cherchait-il à se persuader à lui-même que l'état de son ami pouvait être le résultat de la contrariété ou de la fatigue; une voix secrète lui disait que ce corps, trop soudainement ébranlé, devait avoir subi un contre-coup fatal, électrique... Pour Vera-Crux, il ne savait que trop à quoi s'en tenir sur les événements de la nuit précédente; il se rassurait en pensant à l'identité complète de son déguisement de la veille avec celui de Mongeot. A l'égard de l'ami qu'il avait amené avec lui, et qu'il avait présenté sous le nom de comte d'Alcazar, nul, en vérité, n'eût pu le reconnaître à cette table où il ne se faisait remarquer que par un profond silence. Habillé assez richement à la française, il semblait si pâle, qu'on eût dit vraiment qu'il relevait de maladie.

A la seule inspection de ces visages, Mongeot éprouva d'abord cette anxiété d'amoureux qui tremble de voir l'objet de sa passion aux prises avec les adorations banales ; il craignait un rival dans chaque nouveau-venu. Un coup d'œil de madame Lescombat le rassura; il lui parut si tendre, si inquiet, qu'après tout il s'accusa, dans le fond du cœur, d'être toujours soupçonneux et injuste vis-à-vis d'elle. Etait-ce donc sa faute s'ils avaient été séparés, dès son entrée dans le bal, par une querelle inattendue? La tranquillité affectée de sa maîtresse, l'air de confiance ordinaire de l'architecte, la gaîté de Vera-Crux, qu'il croyait plus que jamais ancré dans les bonnes grâces de madame de Godrecourt, tout, jusqu'aux propos animés de ses deux amis pendant le repas, contribua à l'empêcher presque de penser. Blanche n'était pas là, et ce n'était que devant elle qu'il éprouvait de la gêne. En homme jaloux de faire les honneurs de la pension à ses deux parrains de l'École militaire, il se laissa donc aller à l'entrain de la conversation. Lescombat, le regard baissé à demi sur son assiette, ne perdait pas une seule de ses paroles, et d'Aquin l'écoutait avec le tremblement intérieur d'un homme qui craint de voir perdre pied à un nageur.

— Savez-vous, chevalier, disait Mongeot au Portugais, que madame de Godrecourt était hier furieusement inquiète de vous à ce bal? Elle vous demandait à tous les échos, et moi-même, malgré ma bonne volonté pour elle... je n'ai pu lui dire...

— Vous étiez donc au bal de l'Opéra, reprit Vera-Crux, et dans quel costume?

— Un domino cerise et un ruban blanc. Et vous?

— Moi, répondit-il en jouant l'indifférence, j'avais un *perroquet* (1) avec des rubans couleur de pêche.

Lescombat ne put réprimer un mouvement. Madame Lescombat devint aussi pâle qu'un linge. L'homme qui se trouvait à côté de Vera-Crux réprima un malin sourire.

— Puisque vous étiez à ce bal, monsieur le chevalier, reprit M. de Gontran, pourriez-vous me dire ce que c'était qu'un fat en habit de polichinelle, qui a trouvé plaisant de chercher querelle à un de mes amis, au risque de se faire crever sa bosse?

— Je l'ignore, ma foi!... répondit le chevalier, quelque drôle en pointe de vin, sans doute... Comte d'Alcazar, continua-t-il en s'adressant à son ami qui rongeait un os de poulet, avez-vous ouï parler de cette affaire?

L'ami du chevalier, fidèle à son système de mutisme, se contenta de lever les épaules d'un air dédaigneux. M. de Gontran poursuivit :

— J'étais fort jeune, chevalier, lorsque j'ai visité vos colonies portugaises dans l'Inde. A Goa, j'ai vu fouetter et marquer en plein marché...

— Oui, cela se fait, balbutia Vera-Crux d'un air décontenancé, cela se fait, je crois, sur la place de la Fontaine d'Or...

— Précisément, sur la place de la Fontaine d'Or... C'était un joueur trop heureux dont je ne me rappelle plus le nom... Quant à son visage, il avait obtenu de rabattre sur lui le bonnet vert qu'on met aux banqueroutiers et aux escrocs... Cette exécution m'a frappé; c'est, ma foi, tout ce que je me rappelle de Goa!

A l'étrange rougeur qui avait couvert un moment le front de Vera-Crux succéda un nuage de pâleur dont personne ne s'aperçut, à l'exception de l'ami du chevalier... Mongeot se réservait de raconter son duel en détail à madame Lescombat; l'indiscrétion des autres pensionnaires de la maison l'effrayait. Satisfait d'avoir puni l'insolence de son adversaire, il ne tenait pas à faire parade de son courage; il demeura seulement embarrassé devant les questions de l'architecte sur le motif de son absence à l'Opéra.

— Ne se perd-on pas au bal? reprit M. de Gontran qui lui vint en aide, en échangeant avec lui un regard d'intelligence. Cette nuit, il y avait une foule...

— C'est précisément mon affaire, reprit Vera-Crux en riant sous cape, cette foule-là m'a fait perdre la trace de la baronne... Excellente femme, elle doit être bien fatiguée!

Et le chevalier jetait un coup d'œil rapide sur madame Lescombat en prononçant ces paroles, quand l'arrivée d'un nouveau personnage interrompit la conversation. C'était maître Robertot, le notaire, à qui M. Lescombat voulut ouvrir tout d'abord la porte de son cabinet; mais l'homme de loi prétendit que, puisqu'on était à table, il attendrait bien la fin du repas pour la lecture de cet acte, que la main tremblante de Lescombat avait recopié avant le coup de cloche du dîner...

— Un notaire! s'écria Vera-Crux, un notaire, pour qui? serait-ce pour M. Mongeot? je m'en doutais. Me permettra-t-il de joindre mes félicitations à celles de ces messieurs?

Le jeune homme ne répondit pas, car en ce moment même Blanche d'Aquin venait d'entrer... L'épée du spadassin que Mongeot avait vue briller la nuit précédente sur sa poitrine l'avait moins effrayé que la vue de cette enfant. Transi d'angoisse, éperdu, il la regardait comme une de ces vierges des ballades allemandes, pâles ombres qui viennent jeter leur anneau sur la table de leur fiancé, même après que la mort a glacé leurs lèvres. La douce immobilité des traits de Blanche, son silence et son regard baissé vers la terre lui donnaient alors, en effet, quelque ressemblance avec ces filles du Nord que Burger et Kosegarten chantèrent tant de fois dans leurs légendes. Habillée de blanc de la tête aux pieds, effeuillant entre ses doigts quelques roses pâles cueillies au jardin, elle sourit tristement à madame Lescombat, et vint s'asseoir ou plutôt vint se réfugier près de son oncle. Un récent orage semblait avoir brisé ce pauvre lis sur sa tige; au gonflement bleuâtre étendu sous sa paupière, on voyait que Blanche avait pleuré.

— Mais tu as la fièvre, toi aussi! murmura l'organiste en prenant ses petites mains dans les siennes. Passons dans votre cabinet, mon cher Lescombat, pendant que ces messieurs prendront le café au pavillon du jardin... N'est-ce pas en ce lieu que j'ai vu Gervais le porter?

— Serait-ce vrai? reprit l'architecte en jetant sur Gervais un regard sévère. Vous savez que nul excepté moi...

— Si je n'en avais pas trouvé la porte ouverte ce matin, reprit Gervais, je ne me serais pas permis... Mais c'est M. Mongeot qui régale... et j'avais pensé... reprit le vieux serviteur.

— C'est chose inutile, nous prendrons le café ici... On ne demande au futur, reprit l'architecte en regardant fixement Mongeot, que de faire tout bas lecture de l'acte et d'y apposer sa signature. C'est l'affaire d'une seconde...

Il se fit un moment de silence solennel; Lescombat venait de passer l'acte à Mongeot... Le jeune homme reçut le papier, l'ouvrit d'une main dont chaque fibre était émue, et lut à peine ce qu'il contenait. Tous les regards se trouvaient tournés vers lui, chacun s'étonnait seulement de sa pâleur. L'architecte, dont tout le masque semblait s'être décomposé en une seconde, concentrait sur lui ses yeux perçants; il le guettait comme le vautour guette l'oiseau. Sereine, impassible, ainsi qu'une divi-

(1) Domino de plusieurs nuances.

nité de marbre, madame Lescombat, par l'impérieuse froideur de son attention, semblait prescrire à Mongeot ce qu'il allait faire pour elle; Blanche seule tenait sa paupière mouillée de larmes inclinée vers le parquet.

Le jeune homme venait de comprendre qu'il s'agissait pour lui du moment le plus décisif de sa vie, celui de la destinée de deux femmes entre lesquelles la voix austère de la conscience traçait elle-même une ligne de démarcation. Placé vis-à-vis de ce redoutable choix, Mongeot promena une dernière fois son regard inquiet sur la nièce de d'Aquin, il s'arrêta devant ce sacrilége résolu qu'il allait commettre. Jurer à la face du ciel et des hommes une fidélité impossible à cette enfant, lui parut une infamie monstrueuse. Comme l'aigle qui se débat vainement sous les mailles de plomb qui l'enchaînent, il fut prêt à succomber un instant sous l'égoïste pouvoir de sa maîtresse ; mais Blanche était là, Blanche souffrait; Mongeot referma le papier et le rendit à d'Aquin.

— Je ne signerai pas, dit-il d'une voix étouffée.

Un chuchotement étrange parcourut le banc des convives à cette réponse. Madame Lescombat contint un cri de surprise, Blanche se jeta dans le sein de l'organiste. Impassible en apparence au milieu de ces physionomies déconcertées, l'architecte se leva, et s'adressant au jeune homme :

— Je m'attendais à votre réponse, monsieur, reprit-il avec un accent d'incomparable dignité. Que diriez-vous, messieurs, continua-t-il en se tournant vers les nouveaux amis de Mongeot, d'un homme assez aveugle pour avoir été lui-même au devant de son ennemi, d'un homme qui aurait amené chez lui, sous son propre toit, l'auteur de sa honte et de sa ruine? Que cet homme est fou, ridicule, que c'est un niais dont chacun doit se moquer, qu'il y a toujours des signes certains auxquels on reconnaît la fraude, que l'indulgence dans ce cas est une faiblesse, une infirmité d'esprit! Voilà, messieurs, ce que vous diriez de cet homme... Mais si l'on ajoutait que son ennemi, reçu tous les jours à sa table, a non-seulement trompé son hôte, déshonoré la foi conjugale, mais qu'il s'est fait de plus un lâche plaisir d'abuser au jour le jour une pauvre enfant qui l'aimait de toutes les forces de son âme, une jeune fille de laquelle il s'était fait un rempart contre le soupçon, lui, le séducteur, le traître, l'homme qui venait chaque jour tendre la main au mari, et le soir mêler son nom à des rires injurieux avec sa femme... Qu'en diriez-vous, messieurs, si ce n'est que c'est lui-même un monstre? Eh bien! dites aussi qu'il y a des lignes certaines, des indices que Dieu prend soin lui-même de graver sur le front de ces coupables. Le mari, c'est moi: le séducteur, c'est monsieur!

Et d'un doigt encore agité par la colère, l'architecte montrait le jeune homme atterré à ses convives. Vera-Crux triomphait; d'Aquin consterné, couvrait Blanche de ses deux bras. Madame Lescombat, pâle d'effroi, n'opposait aucune dénégation aux paroles de son mari, tant la contenance assurée de l'architecte lui imposait... Un brouillard épais se répandit bientôt devant ses yeux, et elle se laissa tomber défaillante entre les bras de messieurs Dubosq et de Gontran.

Pour Mongeot, la foudre qui l'eût touché n'eût pas produit un effet plus simultané... Quelle révélation fatale avait donc pu donner à la voix de Lescombat cette autorité puissante? qui avait pu le rendre possesseur d'un tel secret? Le malheureux jeune homme cherchait encore vainement à se rendre compte de ce mystère, quand la voix tonnante de l'architecte retentit de nouveau au milieu de ce silence glacé.

— Sortez d'ici, monsieur, s'écria Lescombat outré du silence de Mongeot, sortez de ma maison, vil suborneur! Je vous donne une heure pour n'y jamais remettre le pied!

Et, s'adressant alors à d'Aquin qui le suppliait :

— C'est toi, reprit-il, qui l'as amené le premier dans cette maison, ce lâche à qui je dois mon déshonneur! Tu es libre maintenant de le marier à ta nièce! Messieurs, continua-t il en se tournant vers les spectateurs de cette scène, vous pouvez allez dire à tout le monde l'exemple de justice dont vous avez été les témoins: ceux qui me connaissent vous croiront. J'use de mon droit, messieurs, et si les maris du jour se taisent, moi, je ne crains pas de parler haut. A dater de ce jour, rien de commun n'existera entre la coupable et moi. Point de tribunaux, de duel; je fais mes affaires moi-même. Monsieur, reprit-il en désignant Mongeot, était mon pensionnaire, je le chasse!...

Il s'avança d'un pas rapide vers la porte, et l'ouvrit lui-même pour donner un libre passage au jeune homme...

— Mais les preuves! les preuves! murmura Mongeot d'une voix affaiblie par l'humiliation et la rage.

— Nie donc celle-ci! reprit Lescombat en lui présentant un portefeuille.

Mongeot allait répondre, quand madame Lescombat, que ces dernières paroles de l'architecte venaient d'arracher à son évanouissement, se leva, pâle, agitée. Une fois peut-être la voix de son devoir venait de la rappeler à elle-même, car elle s'écria dans l'égarement de la peur :

— Non, mille fois non, monsieur, il n'est point coupable! oh! non, je le jure.

Et elle s'attachait aux bras de son mari avec des cris de douleur et de désespoir.

Rejeté dans un nouveau monde de pensées, Mongeot ne pouvait trouver une parole. L'architecte fixa sur sa femme un regard clair et profond, et l'étreignant avec force.

— Malheureuse! dit-il, niera-t-il avec toi ces lettres coupables?...

Le jeune homme pâlit ainsi que sa complice, ils venaient de reconnaître tous deux la correspondance fatale. Vera-Crux regardait ce dénoûment de l'air d'un auteur qui applaudit lui-même au succès de sa pièce. Mongeot ne pouvait comprendre comment une pareille arme pouvait se trouver aux mains de Lescombat; il fut tiré bientôt de son doute par les éclats de rire de l'ami du chevalier... Ouvrant en effet la bouche pour la première fois pendant le repas, d'Aubignac, —car c'était lui, — jeta à son adversaire ces mots d'amère raillerie :

— Une autre fois, monsieur, prenez garde à votre portefeuille quand vous vous battrez... On les imite dans la perfection à l'heure qu'il est, et l'on peut en substituer un autre à celui que vous alliez remettre en poche! Quant à votre coup d'épée, je ne vous en veux pas, il a porté en plein dans cette vessie...

Confondu de surprise quelques minutes à la vue de ce singulier fantôme, le jeune homme passa la main sur son front comme s'il eût douté de la présence de d'Aubignac, que M. de Gontran et du Bosq prirent à partie... Pour Mongeot, sous le poids de cette trahison fatale, il ne lui restait qu'un parti à prendre : celui de tuer ce misérable et son complice...

— Monsieur de Vera-Crux, vous me répondrez pour *votre ami*, dit-il au chevalier en s'avançant vers lui avec un geste d'assurance et de mépris. Quant à vous, monsieur, reprit-il en se tournant vers Lescombat, si vous me jugez digne de vous rendre satisfaction...

— Hors d'ici, misérable, cria l'architecte outré du calme de ce défi, hors de ma maison! Va chercher ailleurs un ami à déshonorer, un nom à flétrir, un rôle d'ignominie à jouer devant tes pareils! Hors d'ici, car dès demain cette porte, je la fermerai moi-même, dès demain je pars, je m'exile. Mais je ne te laisserai pas jouir en paix de ton crime, j'emmène avec moi cette femme qui fut la mienne. Oui, vous me suivrez, madame, continua-t-il avec un geste impérieux, vous me suivrez!

— Par pitié, reprit le jeune homme, oh! ne faites pas peser

sur elle une faute qui m'appartient! Je vous ai sauvé, monsieur, de la fureur de quelques misérables, il doit vous en souvenir. Eh bien! sauvez vous-même cette femme de votre colère. Oui, je fus coupable, oui, je ne devais pas porter le trouble et le déshonneur dans votre maison. Restez-y, monsieur; ce sera moi qui m'exilerai, moi seul je dois quitter cette ville; mais avant je laverai dans le sang d'un lâche votre malheur et le mien. Adieu, je dois céder à votre courroux, reprit le jeune homme, cachant mal une larme, je dois m'incliner devant votre volonté, je vous laisse!

Et, franchissant le seuil de cette porte, en jetant sur madame Lescombat un sombre et triste regard, le jeune homme partit au milieu du désordre qui régnait encore dans la salle. Dès qu'il eut mis le pied dans la rue, il se retourna par un mouvement instinctif pour voir si personne ne le suivait. La nuit était profonde, et il distingua une forme blanche sous le renfoncement profond de la porte cochère...

— Blanche! s'écria-t-il avec un mouvement indicible de surprise...

— Oui, Blanche! reprit-elle, Blanche, qui vous remontre le seul chemin que jamais vous n'eussiez dû quitter!

Et elle lui prit le bras résolûment; tous deux, éclairés par le falot de l'organiste qui survint, eurent bientôt gagné la rue de la Harpe et dépassé le pont Saint-Michel. L'ombre était épaisse, le froid des plus vifs, et nulle étoile ne brillait au ciel...

IX

UN MARI

La longueur de ce chemin semblait avoir épuisé les forces du jeune homme. Par un hasard qui n'est que trop commun à certains jours, ils n'avaient pu rencontrer aucune voiture de place. Ils marchaient tous trois silencieusement, Blanche appuyée au bras de Mongeot, l'organiste les précédant avec sa lanterne qui jetait des lueurs douteuses sur le pavé. Le vent soufflait avec violence, et quand ils furent arrivés sur la place de Grève, le falot que portait d'Aquin s'éteignit.

Cette place, où brillaient à peine quelques maigres lumières aux vitres des cabarets et des boutiques assez sales formant sa ceinture, n'apportait alors d'autre bruit à l'oreille que les pas des sentinelles placées à l'angle du guichet par lequel l'organiste comptait regagner son domicile de la rue Saint-Antoine. En passant sous cette voûte, l'épée de Mongeot s'engagea dans l'un des anneaux de fer qui s'y trouvaient, et qui servaient jadis à y tendre des chaînes aux jours d'émeute. En se sentant arrêté de la sorte, le jeune homme ne put réprimer un léger cri...

— En vérité, dit-il, si je croyais aux présages!... Et il se contenta de retirer son épée, puis il reprit le bras de la jeune fille. Elle tremblait alors comme la feuille, et n'eut pas la force de prononcer une parole jusqu'à sa porte.

Entre les numéros 67 et 69 s'élevait alors le Petit-Saint-Antoine dont d'Aquin était organiste. Remplacée à cette heure par un passage, cette maison de chanoines dont l'établissement date de 1361, s'était vue complétement rebâtie en 1689 (1), elle avait à sa devanture une grille surmontée à son milieu d'une croix de fer. La demeure de l'organiste était située presque en face.

Arrivé à la porte, d'Aquin déposa son falot et se mit en devoir de tourner la clef dans la serrure... A l'instant même un joyeux jappement se fit entendre : c'était Babiole, la petite chienne de Blanche; elle passait déjà son museau entre l'interstice de la porte et du pavé.

— Pauvre Babiole! elle va être bien heureuse! murmura timidement la jeune fille; il y a si longtemps qu'elle ne vous a vu! continua-t-elle en regardant le jeune homme.

Il n'écoutait pas, il ressemblait à l'un de ces voyageurs fatigués qui suivent leur guide. Si la nuit eût été moins sombre, Blanche aurait pu croire, à l'égarement de ses traits, qu'il n'avait plus sa raison. Il la suivit cependant à travers l'escalier humble et propret qui conduisait à son ancien gîte. Blanche alluma un flambeau et l'y introduisit avec un soupir.

Aucun meuble n'avait été dérangé dans cette chambre, qui portait encore les traces d'un départ furtif; il y avait un livre ouvert sur la cheminée, c'était un volume dépareillé des lettres de Voltaire; du reste, aucun aspect de renfermé, l'endroit avait dû se voir aéré plus d'une fois, car dans un vieux vase, un peu ébréché, du Japon, on voyait encore un reste de fleurs. Les tiroirs de la commode en bois de rose qui occupaient le milieu d'un panneau n'avaient pas même été refermés, et les rideaux du lit grimaçaient au fond de l'alcôve...

Seulement, et dès l'entrée de l'appartement, Babiole courut lécher les mains et les pieds du jeune homme; elle bondit, fureta et revint à lui avec des caresses charmantes : c'était bien l'ami de sa maîtresse, c'était bien son ancien hôte qui revenait. Pour Mongeot, il s'était assis sur une chaise de paille, en promenant sur tous ces objets un regard appesanti; il semblait éprouver un amer chagrin à revoir ces lieux; l'aspect d'une prison lui eût peut-être moins serré le cœur... Blanche le devina sans qu'il eût parlé, et lui tendant une main où plus d'une larme avait roulé pendant le cruel silence du jeune homme :

— Vous le voyez, dit-elle, nous avons le culte des souvenirs, mon oncle et moi!

Elle n'en put dire plus, les sanglots vinrent lui couper la parole. La triste enfant n'avait que trop bien compris le désespoir profond de Mongeot, elle voyait se dresser entre elle et lui dans cette chambre une autre image plus réelle que ce fantôme dont l'obsession l'avait troublée. En se regardant à la glace dans tout l'attrait virginal de sa parure, les pleurs lui venaient aux yeux, le poids de ce sacrifice l'écrasait.

— Ami, lui dit-elle en jetant sur lui un regard d'ange, maintenant me plaindrez-vous?

— Hélas! répondit-il avec ce sentiment égoïste de ceux qui souffrent, je vous plains de connaître le plus malheureux des hommes. Vous venez d'ouvrir votre maison à bien des tristesses : la honte et la douleur en ont franchi le seuil avec moi. Chassé, Blanche, chassé, mis à la porte comme un misérable! C'est ma faute aussi, j'aurais dû brûler ces lettres fatales, j'aurais dû tuer ces misérables qui m'ont volé!

Et il se promenait à grands pas, il ne voyait plus Blanche; sa pensée était ailleurs. Sa bouche se crispait par intervalles; il était en proie à cette crise violente de nerfs qui finit par la faiblesse. Blanche en eut pitié; elle essuya son front baigné de sueur, elle lui prit les mains, et trouva pour lui dans un tel moment des paroles d'une ingénieuse tendresse.

— Vous devez avoir besoin de repos, lui dit-elle, je vous laisse; mais songez, Henri, que nous sommes frère et sœur. Un frère, dites-moi, doit-il avoir rien de caché, une sœur ne peut-elle aimer son frère? Mon Dieu, vous le savez, reprit-elle en élevant au ciel son regard rempli d'une résignation paisible, vous savez si j'ai prié pour lui bien des fois dans cette chambre; vous savez si le nom d'Henri que balbutiaient mes lèvres était écrit au plus avant de mon cœur! Sauvez-le, mon Dieu, sauvez-le des autres et de lui-même! Il est si jeune, si brave, que vous ne devez pas l'abandonner!

Doucement illuminée par le seul flambeau qui brûlait, la figure de Blanche offrait alors un tel charme de grâce et de

(1) Elle a été détruite en 1792. Quand d'Aquin touchait l'orgue à la fête de Saint-Paul, les carrosses tenaient toute la rue Saint-Antoine jusqu'aux Célestins.

candeur, que Mongeot ne put s'empêcher de s'y mirer longuement, comme dans le cristal d'une source pure; il s'agenouilla devant la jeune fille avec une émotion inaccoutumée... La présence de l'organiste put seule l'arracher à cette muette contemplation. En l'admirant ainsi dans un recueillement pieux, Mongeot semblait unir sa prière à celle de Blanche. La voix de cette enfant avait eu le pouvoir d'endormir un instant ses douleurs; l'aspect de d'Aquin les réveilla. Le vieillard n'était-il pas dépositaire de ses secrets? ne lui avait-il pas prédit vingt fois cette issue fatale à son amour? L'organiste était devenu pour lui une sorte de remords accolé à ses moindres pas, un spectre visible, menaçant. Que lui restait-il à lui apprendre? qu'allait-il lui conseiller à lui mourant, épuisé? Cependant, et même après le départ de Blanche, il l'écouta parler comme les néophytes écoutaient parler l'apôtre, et la violence de son désespoir tomba peu à peu. En présence de cet homme, il retrouva même un certain courage; les reproches de d'Aquin n'avaient rien de dur, d'outré : c'était la sollicitude intelligente d'un père pour son enfant. Au moment de s'endormir, il lui sembla apercevoir auprès de son lit cette tête vénérable, et à son chevet l'image de Blanche étendant sur lui ses ailes d'ange gardien. Affaissé par la douleur, brisé sous le poids de sa lutte, il ne tarda pas à voir bientôt flotter ses sens agités entre mille rêves confus. Au matin seulement il trouva quelque repos. Quand il en vint à s'interroger lui-même à son réveil sur le parti qu'il prendrait, il trouva qu'il ne lui en restait que deux, fuir ou se tuer. En effet, qu'allait devenir sa vie entre une jeune fille qu'il avait trompée indignement, et une femme que son mari entourerait à l'avenir d'infranchissables barrières? La veille encore, l'architecte n'avait-il pas signifié clairement à madame Lescombat qu'elle le suivrait; dans quel pays l'entraînait-il, grand Dieu? Et dût-il rester à Paris, dans quelle obscure solitude enfouirait-il son trésor? La première pensée à laquelle Mongeot s'arrêta fut celle d'une fuite précipitée; son absence, il l'espérait, parviendrait peut-être à amortir l'éclat du scandale; au bout de cinq mois, il viendrait chercher en cette ville non plus une maîtresse, mais la mère de son enfant. Sur cet unique gage d'un amour profond, inguérissable, reposait à l'avenir tout ce qui lui restait de joie et de bonheur à espérer dans ce monde. L'idée qu'un autre que lui était devenu maître à cette heure d'un pareil secret le rendait fou; il n'admettait pas qu'on pût lui ravir un droit sacré. En proie à ces réflexions poignantes, il descendit bientôt dans la cour de la maison, et chargea le portier de lui rapporter le peu d'effets qu'il avait laissés à la pension de la rue Garancière. Il n'osait écrire à madame Lescombat, et d'ailleurs une lettre eût-elle suffi à exprimer alors toutes les tortures de son âme? Il achevait à peine de donner ses ordres à cet homme, lorsque deux coups secs retentirent à la porte de l'organiste; Mongeot vit entrer ses deux amis de l'Ecole militaire.

— Eh bien! leur dit il, quelles nouvelles? Venez-vous m'annoncer que vous avez fait justice du chevalier et de son complice, ou bien m'apportez-vous l'assurance que monsieur Lescombat veut bien accepter les chances d'un duel inégal entre nous deux?

— Ni l'un ni l'autre, mon cher. Vous saurez d'abord que le chevalier de Vera-Crux et son digne ami nous avaient donné tous deux une fausse adresse... En nous présentant ce matin au lieu indiqué par ces braves, nous avons trouvé visage de bois! Par les cinq cents diables! si le Portugais ou l'homme aux vessies nous retombe sous la main, ce ne sera plus l'épée qui sera notre arme, mais le bâton...

— Et lui, lui qui m'a flétri si outrageusement devant vous, lui qui n'a pas craint de m'appeler des noms les plus odieux... j'espérais qu'il avait peut-être consenti...

— Vaine espérance! mon cher Henri; M. Lescombat n'a pas même voulu nous entendre, nous qui venions lui proposer cette seule voie honorable de réparation. Entre nous, vous jouez vraiment de malheur, car il eût été convenable que vous tuiez ce vieux fou, après lui avoir ravi sa femme. C'est dans l'ordre...

— Vous me connaissez mal, reprit le jeune homme blessé du ton léger de ses deux camarades; si j'eusse dû me battre avec M. Lescombat, c'est moi seul qui aurais essuyé son feu!

— Voilà de la générosité. Cependant hier...

Ce mot rappela à Mongeot toute sa honte. Il se cacha le front de ses mains, puis s'arrachant d'un coup à l'accablement de ses pensées :

— Mais elle! leur dit-il, mais elle! oh! parlez, l'avez vous vue?

— Non, mais nous avons vu une maison en tumulte, des meubles et des cartons dispersés, tout ce qui indique un changement de lieu, un départ. M. Lescombat nous a reçus en habit de voyage, il donnait des ordres à Gervais, il nous a dit à peine quelques paroles.

— L'emmènerait-il, pensa Mongeot, quoi, dès aujourd'hui, ce matin même? à tout prix il faut que je sache...

Le portier ne tarda pas à rentrer, il avait sous le bras un paquet de hardes qu'une servante lui avait remis; il ajouta que les maîtres de la maison l'avaient quittée; quant à leur nouveau domicile, on l'ignorait. Ne prévoyant que trop l'horrible contre-coup de cette nouvelle, les deux amis pressèrent Mongeot de les accompagner à l'Ecole militaire, où il ne devait plus reculer le jour de son admission. M. de Croismare, reprirent-ils, vous traitera, nous n'en doutons pas, avec tous les ménagements désirables; nous sommes votre caution, venez... Mieux vaut pour vous, à cette heure, la compagnie que l'isolement; mieux vaut l'étude que le vague de vos pensées. Venez, nous vous avons vu dans l'occasion, et nous serons fiers d'une recrue qui honore le corps entier.

Et en même temps, il l'entraînaient avec un élan de vive sympathie pour sa douleur; mais tout d'un coup le jeune homme les repoussant :

— Moi, revêtir le même habit que vous, leur dit-il avec un sombre regard, moi devenir votre égal! vous n'y songez pas, messieurs! Oh! oui, continua-t-il en touchant l'uniforme de MM. Duboscq et de Gontran, moi aussi j'avais pensé que c'était là un métier honorable et sûr, une route noble et brillante que la vôtre. C'était surtout pour elle que je comptais m'enrôler dans votre milice, me voir classé dans vos rangs! Mais avez-vous donc oublié qu'à compter d'hier je ne suis plus rien, rien qu'un misérable que le dernier témoin de cette scène peut couvrir de ses mépris!

Il leur parla de la sorte avec un égarement continu, leur reprochant de vouloir servir de caution à lui qui n'était pas digne de porter l'épée. Sa parole était haletante, il souffrait de son impuissance à se venger, et ce fut un grand étonnement pour ces deux jeunes gentilshommes que ce désespoir affreux, cet amour insensé qui trouvait à chaque instant d'amères moqueries contre lui-même. Ils voulurent le rassurer en lui jurant l'inviolabilité du secret, mais il leur objecta la présence des deux fourbes qui se trouvaient la veille à la table de l'architecte.

— Grâce à ces lâches, dit-il, mon histoire va passer de bouche en bouche. C'est si peu de chose pour eux qu'une femme à perdre, un homme à noircir! Pourtant, reprit-il après une pause, ce n'est pas de tels ennemis que je crains; hélas! faut-il vous l'avouer, c'est moi-même... Oui, puisque votre bras s'obstine à prendre le mien pour me faire franchir le seuil de cette porte, je dois vous dire, amis, ce qui m'empêchera éternellement de vous suivre; j'aime cette femme, je l'aime!... Si je suis victime d'une machination infâme, si l'on m'a trahi ainsi qu'elle, dois-je donc pour cela l'abandonner? Croyez-moi. Dites-vous en me quittant : — Nous venons de voir un insensé; nous laissons un malade qui se meurt d'un mal sans remède. Si nous le retrouvons un jour dans quelque hôpital, ou le front livide et vert des eaux de la Seine où il s'est noyé, nous le reconnaîtrons sans peine, nous saurons pourquoi il a pris le parti de sortir d'un monde dont l'oppression lui était à charge!

En parlant ainsi, son cœur battait avec force, il leur résistait avec les larmes d'un enfant, dans les yeux et dans la voix. Ils en eurent pitié, et le laissèrent comme un homme agonisant qu'abandonnent ses médecins. A peine venaient-ils de s'éloigner, qu'un gazouillement agile et frais, pareil à celui de l'alouette dans les blés, retentit auprès de Mongeot: c'était une chanson sur un vieil air bourguignon, dont les paroles étaient celles-ci :

Voici la Pentecôte,
Belle Joli,
La fraise est à mi-côte
Du bois joli.
Déjà roses nouvelles
Ont refleuri :
C'est le temps où les belles
Changent d'ami.

Changerez-vous le vôtre,
Belle Joli?
— Non, je n'en veux pas d'autre
Que mon ami.
L'été fane la rose
La fraise aussi;
Il change toute chose.
Mon cœur nenni!

La voix s'arrêta, le jeune homme reconnut Blanche. Elle lui demanda des nouvelles de sa nuit, et l'interrogeant timidement sur la visite qu'il venait de recevoir :

— Ils ne vous ont pas emmené... que je suis heureuse!... c'est tout ce que je craignais.

— Vous nous avez entendus?

— Non, mais je vous voyais... D'abord vous m'avez fait peur, vous étiez pâle et vous marchiez à grands pas dans cette pièce auprès de laquelle je lisais; vous étiez trop loin de cette porte vitrée pour que vos paroles arrivassent jusqu'à moi, mais, en écartant son rideau légèrement, mon œil s'était frayé un passage jusqu'à mon frère, et je ne vous ai quitté que pour placer en ordre dans votre chambre les objets que le portier vient de me remettre. Mon oncle est parti ce matin pour essayer un orgue de Cliquot, à Saint-Sulpice: nous voilà les seuls maîtres de la maison jusqu'à son retour. Raison de plus, mon frère, pour que nous déjeunions tout d'abord, car il ne rentrera peut-être que fort tard. Il est de plus nommé arbitre dans une contestation à la Sainte-Chapelle... vous voyez qu'il a des affaires!

— Je vous remercie, chère Blanche, je n'ai pas la moindre faim... je vous tiendrai compagnie, et vous demanderai à mon tour si ce n'est point une erreur de mon imagination, mais il m'a semblé entendre cette nuit un bruit extraordinaire dans votre chambre...

— C'est possible; car j'ai fait un rêve étrange.

— Lequel?

— D'abord, croyez-vous aux rêves?

— Quelquefois; mais racontez-moi le vôtre.

— Vous vous souvenez peut-être du premier repas que nous fîmes ensemble le jour de votre arrivée à Paris. Vous veniez de descendre du coche, et suivant l'usage admis de temps immémorial pour les nouveaux débarqués, mon oncle crut devoir vous promener avant le dîner dans trois ou quatre jardins publics. Nous terminâmes ce soir-là nos excursions par le Luxembourg...

— C'est vrai.

— Il y a là, vous savez, à main gauche en entrant, le pavillon qui sert de domicile au suisse.

— Eh bien?

— Eh bien! c'est chez ce suisse, figure avinée et pouvant, au besoin, servir d'écriteau à son bouchon, que je me voyais entrer de nouveau dans ce rêve singulier. Les grilles du jardin étaient fermées, et depuis longtemps on avait battu la retraite... Le maître du lieu dormait dans un coin, accoudé sur son comptoir, auprès d'une bouteille vide. Il ne m'entendit pas et ne se réveilla nullement lorsque je me présentai dans le pavillon. Il y avait là deux couverts mis, et deux verres encore pleins sur une table que les convives semblaient avoir quittée l'instant d'avant. Je m'approchai, et alors...

— Alors? reprit-il en l'écoutant avec une singulière attention.

— Alors, je vis du sang, oui, du sang sur cette table. Le suisse cria au meurtre! au secours! Bientôt je ne vis plus rien, et je m'éveillai en me heurtant au bois de mon lit. C'est là sans doute le bruit que vous aurez entendu... Mais vous conviendrez que ce rêve et ce sang avaient de quoi m'effrayer...

— Enfant!

— Vous le voyez, j'ai eu tort de vous le dire, puisque vous me traitez d'enfant; c'est que vous ne croyez point aux rêves. Mais qui vient encore de frapper ici? reprit-elle en se dirigeant vers la porte, serait-ce déjà mon oncle?

Mongeot s'était levé; une sorte de pressentiment l'agitait.

— Monsieur Lescombat! reprit la jeune fille en tressaillant.

En effet, c'était l'architecte.

A cette vision inattendue, le jeune homme sentit se réveiller en lui une foule de mouvements confus. Lescombat fit signe à Blanche d'Aquin de les laisser seuls.

La pâleur excessive de l'architecte avait fait place à ce teint marbré qui accuse l'insomnie; les pommettes de ses joues étaient seules d'un rouge ardent, indice certain de la fièvre. Ses yeux restaient mornes et presque vitrés; il portait, ainsi que MM. du Boscq et de Gontran venaient de le dire à Mongeot, un habit complet de voyage: la lévite à fourrures garnie d'almarges d'argent, les bottes hautes, le manchon. Le rayon de soleil qui éclairait en ce moment cette figure aussi jaune qu'un vieil ivoire en découpait chaque angle avec une merveilleuse précision, et faisait surtout saillir sa maigreur. Lescombat s'assit et se contenta d'abord de plonger avidement son regard dans l'âme de son adversaire; on eût dit qu'il ne s'agissait plus de lui, mais de ce jeune homme. Ce fut, sans doute, avec une cruelle satisfaction qu'il rencontra sur les traits de Mongeot le même abattement et le même ravage. Le silence qui s'établit entre eux pendant qu lques secondes leur servit à s'observer mutuellement. Mongeot le rompit le premier, et saluant l'architecte :

— Qu'avez-vous à me dire, monsieur? venez-vous m'offrir le seul moyen de réparer mes torts envers vous, et d'effacer en même temps la trace des vôtres? Parlez, je suis à vos ordres.

Lescombat jeta un regard défiant autour de lui, comme pour s'assurer que personne ne l'écoutait, et se rapprochant du jeune homme :

— Votre faute, Mongeot, est plus grave que la mienne; je suis venu avant de partir, de m'exiler peut-être pour toujours, en remettre sous vos yeux les redoutables conséquences. Vous avez brisé pour toujours le lien qui existait entre madame Lescombat et moi, et sa correspondance ne me laisse aucun doute sur la réalité d'un pareil affront. Oui, vous n'avez pas craint d'entretenir sous mes yeux un commerce que Dieu et la loi des hommes elle-même repoussent; vous m'avez forcé de recourir, hier, à un éclat dont je me repens aujourd'hui. L'entretien que je vais avoir avec vous, j'eusse dû le provoquer hier, je le sens; il nous eût épargné à tous deux la honte d'un scandale public Mais on n'enchaîne pas les premiers mouvements de sa colère; un mari ne pèse pas son déshonneur avec le sang-froid d'un juge. Ce matin, cependant, je suis calme;

délivré de l'aspect de cette maison, je respire avec plus de liberté. Je sais que le monde blâmerait sans doute ma démarche, mais je tiens à vous convaincre que j'éprouve au fond du cœur un reste de pitié pour vous; en relisant ces lettres, je me suis convaincu des artifices de la coupable; c'est elle qui vous a fait tomber peu à peu dans le piége: c'est à elle que vous devez...

— Arrêtez, monsieur, arrêtez, ne la calomniez pas! ne fût-ce que pour vous-même. L'outrage nous sépare assez tous deux, sans que vous ternissiez du nom d'artifice ce qui ne fut, chez madame Lescombat, qu'un assentiment longtemps différé à mes désirs; je suis, je demeure le seul coupable.

— Vous vous accusez trop, ses lettres sont là. Votre jeunesse, Henri, ne sait pas démêler la vérité de la ruse, l'amour vrai de la déception, la passion noble des fausses caresses. Vous ne savez pas ce qu'était cette femme lorsque je lui ai donné mon nom : un composé de caprices et de prétentions hardies, une beauté impérieuse et facile tout à la fois ; il y avait autour d'elle mille voix accusatrices. L'adulation l'avait perdue, ma résistance à ses volontés fit le reste. Grâce à elle, cette maison, sanctuaire assidu de mes études, était devenue une sorte de bazar où l'on venait à certaines heures la contempler; romanesque créature qui ne parlait jamais que de se faire des ailes pour fuir l'obscurité de cette vie bourgeoise qu'elle me reprochait de lui laisser traîner à Paris! Quoi que vous puissiez dire, c'est elle qui, la première, façonna vos lèvres au mensonge; elle qui vous apprit à me tromper, elle qui me hait!...

L'architecte s'arrêta à ce dernier mot, s'attendant peut-être encore à ce que Mongeot le démentît; mais le jeune homme était trop absorbé pour lui répondre.

— Elle me hait! reprit-il, j'en ai la preuve dans ses lettres. N'importe, Mongeot, je veux, je dois accomplir mon sacrifice jusqu'au bout. Un seul obstacle s'oppose à ce que je ne me sépare point d'elle, et cet obstacle c'est vous-même.

— Que voulez vous dire?

— Que Dieu m'a livré le seul moyen de me venger de vous, Henri; madame Lescombat n'est-elle pas grosse? Eh bien! vous allez voir jusqu'où va ma faiblesse, reprit l'architecte en fixant le jeune homme avec un regard humide de larmes; consentez à me donner votre parole que vous ne chercherez plus à revoir celle qui a attiré sur vous et sur moi tant de maux et tant d'orages; et moi, moi, que vous avez si cruellement trahi, j'élève votre enfant, j'en fais mon fils! Quand vous le voudrez, je vous le rends!

La poitrine de Mongeot faillit se dilater de bonheur; un affreux soupçon l'arrêta pourtant, et saisissant soudain le bras de celui qui lui parlait :

— Vous ne me trompez pas? dit-il ; vous ne vous jouez pas de ma douleur? Quoi! je pourrais le voir, le recevoir de vos mains, ce bienfait qui seul m'attacherait encore à la vie! Ah! je suis coupable, puisque vous devenez généreux; pardonnez-moi, Lescombat; pardonnez-moi!

Il lui prit les mains de nouveau, versant des larmes abondantes. Lescombat était calme, il semblait avoir accompli une mission au-dessus des forces humaines. La douleur impitoyable qui brisait Mongeot n'éveillait plus en lui de jaloux ressentiment; c'était un compagnon de misère qu'il visitait. L'organisation du jeune homme, sa nature modeste, candide, rencontraient dans son cœur de merveilleuses sympathies. Au-dessus de ces lois vulgaires de l'honneur qui entravent dans le monde l'élan des plus belles âmes, il venait lui-même apporter le baume du Samaritain aux blessures saignantes de son ennemi.

— Consentez-vous? dit-il à Mongeot : votre loyauté me suffira. Je devais partir ce soir, mais je doute que ce départ puisse s'accomplir si vite. Votre main, Henri, une parole de vous, et je m'éloigne content.

— Mon sort est entre vos mains, répondit-il; mais moi aussi je me fie en votre loyauté, monsieur! Vous qui comprenez si bien la tristesse infinie de mon pauvre cœur, vous ne voudriez pas le briser une seconde fois!

— Fiez-vous à moi, Henri; je veille maintenant sur un dépôt dont je dois vous rendre compte ainsi qu'à Dieu!

Il sortit, laissant le jeune homme encore étonné de ce qu'il venait d'entendre. Lorsque Blanche revint dans la chambre avec une inquiétude qui ne se peignait que trop sur tous ses traits, elle trouva Mongeot agenouillé devant une image de l'*Enfant Jésus à la crèche*. Un sentiment de pudeur étrange monta au front du jeune homme, quand il se vit surpris par la jeune fille dans cette prière et cette posture.

— Que je sais bon gré à M. Lescombat d'être venu! dit-elle en le regardant avec amour. Votre front est moins soucieux, votre regard plus tranquille. Que vous a-t-il dit? J'avais si peur, que je n'ai pas osé vous avertir de la mystérieuse arrivée de madame de Godrecourt. Dès qu'elle a su que M. Lescombat était ici, elle a fait rebrousser chemin à son carrosse. Et tenez, reprit-elle en entr'ouvrant la fenêtre, je crois, Dieu me pardonne, qu'elle est entrée au Petit-Saint-Antoine pour y faire ses dévotions.

— Votre oncle y toucherait-il l'orgue aujourd'hui? demanda Mongeot en se dirigeant vers la porte de la rue.

— Où allez-vous donc? Je m'étais trompée, ce n'est pas la couleur du carrosse de madame de Godrecourt. Je me rappelle d'ailleurs qu'elle était singulièrement pressée de rejoindre madame Lescombat... Elle doit partir ce soir même...

— Ce soir, avez-vous dit? et de quel côté l'emmène-t-il? Pourquoi ne m'avoir pas prévenu, au risque d'interrompre notre entretien?

— Parce que, balbutia Blanche... parce que... Elle n'eut pas la force d'achever, les sanglots la suffoquèrent. En proie à l'une de ces crises qui ne dénotent que trop une douleur comprimée, elle se raidit d'abord et se laissa tomber à demi évanouie sur un fauteuil. Jamais, peut-être, elle n'avait été plus belle, plus touchante que dans cette lutte de quelques secondes, dans laquelle ses longs cheveux dénoués flottaient en boucles éparses sur ses épaules. En cherchant à l'accommoder sur son siége, Mongeot découvrit un billet étroitement serré dans sa main, elle le laissa échapper dans l'un de ses mouvements... Il était signé de madame de Godrecourt et lui indiquait l'heure et le lieu où il devait la rencontrer ce soir-là même. Le jeune homme le parcourut avec une inexprimable avidité, et le replaça entre les doigts de Blanche d'Aquin, sans qu'elle eût pu seulement s'apercevoir qu'il l'avait lu.

X

LE MEURTRE

« A sept heures du soir, disait le billet, auprès de la grille de l'Observatoire, au Luxembourg. »

Mongeot, plus impatient que jamais, se trouvait au rendez-vous de la baronne avant l'instant indiqué; il savait avec quelle personne madame de Godrecourt devait venir, et cette idée soutenait seule son courage.

— Non, se disait-il, ce ne peut être un piége de Lescombat; cet homme s'est fié à ma parole et ne songe qu'aux préparatifs de son départ. Si je suis parjure au serment que je lui ai fait, pardonnez-moi, mon Dieu! mais c'est la dernière fois que je vais la voir; elle part, il me l'enlève!... Ah! n'aurait-il pas dû me laisser la triste joie d'un adieu!...

Enveloppé d'un épais manteau, il s'assit alors sous ce marbre transporté ailleurs dans la révolution de 93, et qu'on appelait le *Cygne blessé*. C'était un fort bel ouvrage de Coysevox : le cygne se débattait entre les joncs d'un marais, et tournait des regards suppliants vers le chasseur. La neige, qui tombait à flocons, confondait ce marbre avec la teinte du sol. A l'exception de quelques rares bourgeois qui regagnaient leur quartier, aucune figure n'apparaissait alors dans le jardin, où la retraite allait sonner.

— Elle aura donc trouvé le moyen de tromper la surveillance, elle aura voulu me faire elle-même ses adieux. Ses adieux! reprit-il avec un horrible serrement de cœur; qui m'eût dit, il y a si peu de jours, lorsque je me promenais avec elle sur cette terrasse... O mon cœur! ne te brise pas; songe à ce que tu as promis à cet homme, songe surtout à ce que cet homme t'a promis !... La voici, je l'aperçois, elle tient son voile que fouette le vent; elle n'hésite pas à poser ses pieds délicats sur cette neige... Rêveur insensé, qui croyais à l'éternité d'un tel amour! Malheureux enfant, qui écoutais ici même, longtemps après son départ, sa voix dans les branches émues de ces arbres!... Elle me fait signe d'avancer, elle veut se mettre à l'abri sans doute! En effet, ce temps est horrible; il semble vouloir sympathiser avec le deuil de mon âme. Nous serons plus tranquilles dans le pavillon du suisse; ce brave Bourquart me connaît.

Et rejoignant bientôt les deux femmes, en pressant le pas, Mongeot les introduisit dans une espèce de logette oblongue où se tenait d'habitude le suisse du Luxembourg; dans cette logette se trouvait un escalier qui communiquait à un petit étage supérieur bâti en mansardes. C'était en ce lieu que les élégants de la cour, les mousquetaires et les gendarmes-dauphin faisaient assaut de bouteilles à certains dimanches; mais alors le cabaret de Bourquart était désert, et, pendant que la baronne échangeait en bas quelques phrases banales de conversation avec lui, Mongeot fit monter madame Lescombat dans une pièce simplement meublée au-dessus de la logette.

Dès qu'ils furent seuls, elle en retira la clef aussitôt, et, s'adressant au jeune homme après avoir écarté son voile :

— Mongeot, lui dit-elle, j'ai voulu vous voir une dernière fois, non que je consente à partir avec mon tyran, je vous demande au contraire de me soustraire à sa rage. Dans un entretien que je viens d'avoir avec lui, je n'ai pas craint de lui déclarer que je vous aimais, que c'était avec vous seul que je voulais vivre, que sa présence m'était odieuse, qu'en un mot, si je devais quitter Paris, c'était avec vous. A la suite de cette scène, il m'a laissée; j'ai su qu'il allait chez vous. Quoi qu'il ait pu vous dire, c'est à vous que j'appartiens, à vous que je me confie. Les moments sont précieux, il ne faut pas les perdre en vaines paroles. Vous sentez-vous au cœur un de ces amours aussi profonds que le mien, qui ne reculent pas devant la crainte, qui préfèrent aux cruelles lenteurs d'une agonie de tous les jours un moyen rapide, violent? C'est ce seul moyen qui peut nous sauver, c'est de vous que dépend désormais ma vie.

— Que voulez-vous dire?

— Que ce matin encore, ne voyant que trop ma passion insensée pour vous, irrité de mes hésitations, et plus encore de mes refus, mon mari a parlé de Châtelet, d'arrestation. Il veut, dit-il, m'emmener ou me livrer aux horreurs d'une prison. Enfin vous avouerai-je le projet odieux qu'il a conçu à votre endroit seul?...

— Qu'allez-vous me dire, Marie? chacune de vos paroles me jette dans l'étonnement et dans le trouble. Sachez donc que je viens de voir M Lescombat, sachez qu'il n'y a pas une heure cet homme, que vous faites si dur, si altier, si menaçant, pressait ma main dans la sienne avec des larmes. Il a pu se répandre en plaintes amères contre moi ce matin même; mais, depuis sa visite chez moi, je puis vous assurer qu'il s'est calmé... Ne parlons donc que de vous, de vous, qui m'allez quitter... Je lui ai promis de ne point m'opposer à ce départ.

— Vous le lui avez promis? vous venez en face m'avouer pareille honte? Je ne le vois que trop, oh! vous lui avez demandé grâce, et votre courage, qui n'était qu'un mot, a faibli devant le sien! Vous n'avez donc dans le cœur ni souvenir ni amour; vous avez oublié que cet homme vous avait mis hier à la porte de sa maison devant tous; vous avez oublié que j'étais votre maîtresse, et qu'un lien sacré rend notre destinée indissoluble?

— Hélas! reprit-il, absorbé dans sa douleur, hélas! non, Marie, je ne l'ai point oublié: et c'est, au contraire, parce que je m'en suis souvenu, parce que je vous aime au point de signer aujourd'hui même mon arrêt de mort par ce départ, que j'ai promis à cet homme de traîner ici, loin de vous, le peu de jours qu'il me reste à vivre. Si je lui ai promis cela, Marie, à cet homme que la loi a fait votre maître, c'est qu'au lieu de m'aborder avec des mots d'amertume et de vengeance, il est venu s'accuser, au contraire, d'avoir le premier divulgué sa honte aux yeux de tous; c'est qu'au lieu de me parler d'oppression, il m'a juré, au contraire, que sa tutelle était désormais acquise à cet être fragile et cher auquel vous ne pensez plus déjà peut-être, Marie, mais vers lequel se tournent à cette heure mes vœux et mes espérances, comme vers l'étoile du voyageur égaré... Oui, sachez que notre enfant...

— Que vas-tu me dire à ton tour, homme faible, amant sans cœur? Que ce mari, insulté par toi sous mes yeux, fera taire tout d'un coup pour toi la voix de son ressentiment et de sa haine; qu'il viendra, calme, indulgent, oublieux de sa honte et de ta faute, donner son nom au fruit coupable que je porte dans mon sein, qu'il l'environnera de ses attentions et de ses caresses, se vengeant ainsi de l'épouse par le fils, du passé par l'avenir? Sache donc aussi que la vengeance peut mentir, que l'ironie sanglante peut emprunter l'accent d'une voix douce! Que dirais-tu de cet homme si je te prouvais qu'il t'a trompé? que dirais-tu de toi, si je te faisais voir qu'il s'est déjà vengé de l'aveu de mon amour par des violences et des tortures?

— Que je suis un misérable, Marie, un fou qui me suis laissé prendre aux mielleuses paroles de cet homme! Oh! mais cela n'est pas, non, cela ne peut pas être, continua-t-il; ce n'est pas un fourbe que j'ai vu!

— Qu'il démente donc ceci tout d'abord, répondit-elle en écartant le linge qui recouvrait ses épaules, d'une admirable beauté; qu'il nie m'avoir frappée, meurtrie de coups ce matin! C'est toi qui me forces à te montrer ces hideuses marques, ajouta-t-elle avec une pose affectée de comédienne et en se hâtant de remettre sa mante sur son cou.

Mongeot poussa un rugissement de lion blessé; il venait de voir, pour la première fois, sur cette belle chair, les honteux stigmates de la colère brutale d'un mari; il ne soupçonna pas que sa maîtresse pût mentir. Les yeux de madame Lescombat ne démentaient pas sa vive souffrance; ils étaient mornes, abattus : Mongeot crut à une victime.

— Le lâche! s'écria-t-il, faire tomber le poids de sa colère sur une femme! Oh! je suis venu encore à temps pour vous sauver, pour vous arracher à des journées de larmes et d'angoisses que je ne partagerais pas avec vous! Mais il m'a donc trompé, poursuivit-il en se levant dans une sombre attitude; il n'est donc venu ce matin que pour sonder lui-même l'horrible profondeur de ma blessure! Quand je songe qu'il ne m'a pas même parlé de ces atroces représailles! Maintenant vous dites vrai, maintenant je crains tout, maintenant il est impossible que vous partiez avec cet homme. Marie, mon bonheur, ma vie! Marie, pauvre femme qui a recours à moi pour la défendre! Oh! rassure-toi, je te protégerai, je te sauverai d'un pareil monstre!

Mais par quel moyen? Ma tête se perd. Comment as-tu pu fuir, seulement une heure, ta sombre prison?...

— Il est au palais du Luxembourg, occupé à rendre ses comptes... A onze heures, une chaise de poste doit venir ici le prendre avec moi; il veut que nous soupions seuls dans ce pavillon tous deux. « De cette fenêtre, m'a-t-il dit (car il est venu souvent dans ce lieu), je pourrai voir une dernière fois ce jardin où le hasard me fit vous rencontrer avant notre mariage. Un autre que moi vous y a souvent parlé d'amour, nous lui jetterons comme vengeance notre adieu entre deux baisers! » Au lieu de consentir, j'ai dû opposer à ses paroles un silence résolu; mais il m'a menacée, frappée, et alors, comme une femme en démence, j'ai quitté sa maison dès que je l'ai vu sortir, je vous ai fait écrire par madame de Godrecourt, et je suis venue, Henri. Maintenant vous savez tout; vous savez qu'il va venir ici, vous savez qu'il me faudra suivre mon bourreau.

— Jamais, non, jamais! s'écria-t-il dans l'égarement du désespoir; s'il se présente, je le tue! Avec vous, Marie, je n'aspirais qu'à l'amour; je sens qu'il me faut plus, il me faut une vengeance. Reposez-vous sur moi du soin de provoquer votre époux de façon à rendre impossible un refus ou une hésitation de sa part. Oui, dussé-je lever la main sur lui, comme il n'a pas craint de la lever sur vous ce matin...

— Un duel! reprit-elle d'une voix sourde; avez-vous oublié qu'il ne voudrait pas se mesurer avec vous? Et quelle issue aurait ce combat? La mort de l'un ou de l'autre: car vous ne croiseriez pas le fer contre lui, Mongeot, sans dire : Voilà le seul homme qui se trouve entre elle et moi, voilà l'éternel obstacle à mon bonheur, voilà l'homme qui a juré la mort de celle que j'aime! Et si, par malheur, vous alliez succomber, Henri, ne laisseriez-vous pas à cet homme l'impunité de son crime? Vous le voyez donc bien, le duel est impossible. C'est par une autre voie, plus claire et plus sûre...

— Vous me faites trembler... Que me proposez-vous donc?

—Une chose facile, une vengeance qui ne peut faillir. Il doit entrer ici pour me trouver; que ce soit vous qu'il rencontre à ma place.

— Ensuite?

— Ensuite, le reste vous regarde. C'est à vous de voir si vous m'aimez... reprit-elle en faisant un mouvement pour sortir.

— Vous partez, dit-il, en la retenant, vous me regardez avec des yeux qui m'épouvantent! Vous aurais-je compris, Marie, et voudriez-vous que je devinsse assassin?

— Et ne l'est-il pas devenu, lui, depuis qu'il m'a signifié, ce matin, que jamais votre enfant ne verrait le jour, qu'il le foulerait aux pieds comme sa mère, qu'il le tuerait!

— Quoi! sa rage aveugle?...

— Lui réserve le même sort, sachez-le. Il étouffera en moi ce germe qui fait notre espoir et votre amour.

— Il a dit cela! murmura le jeune homme avec des yeux où brillait la rage. Oh! ne me trompez pas, il vous l'a dit?

— Aussi vrai qu'à cette heure je place ma main dans la vôtre, Henri, aussi vrai que je dis : Si tu le tues, je t'épouse!...

Un rayon d'espoir indicible éclaira le front assombri de Mongeot; il la regarda quelques secondes comme un homme ivre... Jamais semblable idée ne s'était présentée à son esprit, il l'eût écartée comme un sacrilége ou une chimère. Passer du doute dans le calme, de l'enfer dans les régions du ciel, rattacher à lui cette femme par un lien complet, solennel, voilà ce qu'elle lui offrait. Ce bonheur inouï le fit cependant reculer... il eut peur... il crut voir du sang à ses mains.

— Un meurtre! reprit-il, un meurtre! oh! jamais! Je ne me sens pas ce lâche courage!

— C'est bien, répondit-elle en retirant froidement sa main, tu te sens alors le courage d'abandonner et livrer à la merci de cet homme ceux que tu pourrais sauver! Il suffit, Henri, je sais ce qui me reste à faire. Adieu, tout amour est mort en moi!...

— Tout amour!... reprit-il en se traînant à genoux sur la trace des pas qu'elle venait de faire, ne crois-tu donc plus à mes pleurs, à mon désespoir? Marie, regarde-moi, vois ton esclave qui t'implore. Veux-tu qu'il se dévoue pour toi à la torture, qu'il se laisse fouler sous les pieds de ces chevaux qui vont t'emporter? Veux-tu qu'il te suive comme un mendiant sur les chemins brûlés par le soleil, sur le flot qui te séparera de lui, sur la terre qui te verra passer, et où l'épuisement, la douleur, creuseront sa fosse? Veux-tu que, devant toi, il lève un couteau sur son cœur? qu'il porte à ses lèvres le verre où dort le poison? qu'il se raye lui-même violemment de ce livre ouvert à tous, qu'on nomme la vie? Parle, tu es ma maîtresse, Marie, je t'obéirai... Mais frapper ici cet homme autrement qu'à armes égales, mais te perdre avec moi, t'envelopper dans la honte de mon supplice!... As-tu réfléchi à ce que tu dis là, Marie?

Elle le regarda avec un œil de pitié, comme si elle eût sondé toute la faiblesse de ce cœur qu'elle allait vaincre.

— Oui, j'ai réfléchi, dit-elle, il doit venir, il viendra. Tu feindras d'avoir appris le lieu de ce rendez-vous ; tu diras ce que tu voudras, que tu m'as vue, que tu m'as forcée de revenir à ses pieds, que tu m'attends. La voiture sera là, et moi je guetterai, sous les stores fermés de cette voiture, le moment de ta fuite précipitée. Ce ne sera plus un amant que je recevrai dans mes bras, ce sera mon maître... mon époux... l'homme à qui j'aurai donné droit de vie et de mort sur moi; ce sera mon sauveur, et je le contemplerai avec amour!

Et elle lui déroula avec un horrible sang-froid un plan de vengeance si tranquillement conçu, que ce n'était plus une femme qui semblait ainsi poser devant le jeune homme, c'était un spectre de l'enfer, parlant à ce cœur morne et troublé. A mesure que sa pensée reculait, elle avait l'art de rendre l'assaut plus terrible; elle ne le quitta qu'après avoir obtenu ce sanglant aveu...

— Je ferai ce que tu voudras, reprit-il en se couvrant le visage de ses deux mains. Laisse-moi partir, j'ai seulement à voir quelqu'un auparavant; dans quelques instants je suis ici!

Et il la quitta, s'arrachant à cette étreinte qui le brûlait, à ces caresses dont le souvenir le faisait trembler. Ses yeux erraient sans rien voir; il sortit égaré et marcha bientôt dans la direction de la rue Saint-Antoine, sans que le vent glacé qui soufflait alors pût calmer son agitation et son délire. Mille voix confuses bourdonnaient à ses oreilles, mille pensées nouvelles s'emparaient de son cerveau ; il arriva énervé à la porte de l'organiste.

— Où donc avez-vous été, soupira Blanche, pour être si pâle? d'où venez-vous pour que mon cœur se serre, rien qu'à vous voir? Serait-ce que vous êtes arrivé trop tard pour voir cette femme? ou bien vous êtes-vous battu, votre épée a-t-elle du sang?

En prononçant ces mots, la douce voix de Blanche semblait invoquer l'appui de Dieu par ses yeux tournés angéliquement vers le ciel. Mongeot la serra contre son cœur avec des larmes; il éprouvait un trouble pareil à celui d'un homme qui va, pour toujours, quitter ce qui lui est cher; il craignait surtout de rencontrer le regard de cette enfant, ce regard limpide et pur. Il ne répondit aux questions de Blanche que par des mots vagues, entrecoupés; il était venu se rapprocher d'elle comme par instinct, comme on cherche le jour au lieu des ténèbres, comme on se réfugie dans le temple aux premiers épouvantements de la foudre. Il était venu voir son ange avant de mourir.

— Elle est donc partie! s'écria-t-elle bientôt avec joie, elle aura hâté l'heure, sans cela seriez vous ici? Avec quel ravissement je retrouve mon frère! Maintenant on ne viendra plus me l'arracher, on ne trompera plus mon inquiétude et ma vigilance.

Toujours avec nous, toujours ! Le ciel a pris pitié de moi, il a compté mes soupirs. Vous ne me regardez pas, Henri, est-ce que je vous afflige ? N'est-il pas vrai que maintenant vous m'aimez un peu plus que les jours passés? N'est-il pas vrai que dans cet amour vous ne trouvez ni amertume, ni remords? Dieu nous fit tous deux l'un pour l'autre ; ami, remercions-le de nous redonner la vie. Car ce sera une vie nouvelle, n'est-ce pas, que ta vie sans cette femme? Ce sera une action de grâce perpétuelle envers la nature et Dieu! Si tu savais comme tu es beau, mon frère, comme tes yeux brillent de tendresse et de douceur, si tu savais combien ta pâleur même ajoute à la noblesse de tes traits ! Tu peux arriver à tout, tu peux réaliser tous les rêves ardents de la jeunesse ; ton succès est dans tes mains. Que je serai fière un jour de toi ! Quel charme de te voir et de t'admirer, mon frère ! Oh ! va, sois tranquille, tu ne m'entendras plus jamais invoquer devant toi le souvenir de celle qui a si durement pesé sur ta vie ; à de pareils abandons il faut la prière. Henri, mon cher Henri, viens donc prier avec moi !

Elle lui prit le bras, il se laissa entraîner machinalement. Tous deux entrèrent à Saint-Paul. Il n'y avait alors cependant personne dans le chœur. Les chapelles latérales étaient drapées de grandes ombres, un silence profond régnait dans la solitaire église. Tout d'un coup il y eut un claquement sec et un écho prolongé au-dessus de leur tête; Blanche fit observer au jeune homme une lumière qui éclairait l'orgue. C'était d'Aquin, ses doigts allaient toucher bientôt le clavier; il essayait là plusieurs morceaux, car le lendemain c'était grande fête et l'on venait de réparer l'instrument. Bientôt les portes de la sacristie s'ouvrirent, et le jeune homme vit apparaître le trésorier de la paroisse qui s'assit au banc des marguilliers comme à l'ordinaire, pour juger, sans doute, l'effet du chant, car tout aussitôt d'Aquin entama l'admirable psaume *Judex crederis*. L'impression vive et profonde de ce morceau était passée peu à peu dans l'âme du jeune homme ; il entendait tonner la voix de Dieu dans la voix enflée de l'orgue; il frissonnait et il allait se frapper la poitrine quand Blanche arrêta sa main.

— Qu'avez-vous ? lui dit-elle, et pourquoi trembler ainsi ?

— N'a-t-il pas parlé de vengeance et de châtiment, ce psaume? murmura-t-il à voix basse, n'a-t-il pas dit que Dieu punissait le meurtrier?

— Vous vous êtes battu ? reprit-elle avec une voix séchée par l'angoisse, et comme frappée d'une idée subite : vous avez tué M. Lescombat!

Il ne répondit rien. L'horloge venait de sonner le quart de dix heures... Serrant alors la main de Blanche qui s'était appuyée, pour ne pas défaillir, contre la grille d'une chapelle, il lui donna sur le front un triste et dernier baiser. Les sons de l'orgue s'éteignaient, mais une terreur vague, mystérieuse, planait dans les profondeurs de cette église.

—Fuyons, dit-il, fuyons ! on n'a pas de courage ici!

Et il franchit le seuil de l'église; mais à peine avait-il mis le pied dans la rue qu'il crut entendre de nouveau mugir la voix de l'orgue à son oreille; sa conscience lui reprochait deux crimes : celui qu'il venait de faire en quittant Blanche, et celui qu'il allait commettre en se rendant au sinistre rendez-vous. Poursuivi par chacun de ces fantômes, il doubla le pas et fut très surpris de se retrouver devant la porte de l'organiste. Ému d'une superstitieuse frayeur, il courut s'enfermer dans sa chambre; mais le portier monta presque en même temps que lui, et lui présentant une lettre :

— Voilà ce qu'un homme en livrée de suisse est venu, dit-il, apporter pour vous, il y a quelques secondes. Avez-vous à m'ordonner quelque chose?

— Non, rien, reprit-il après avoir lu, rien que de remettre ceci de ma part à mademoiselle Blanche d'Aquin. Et il détacha de son cou une petite croix qu'il avait reçue encore enfant de sa mère.

— Monsieur reviendra-t-il ce soir ? demanda le concierge en voyant la flamme sombre qui jaillissait de l'œil égaré du jeune homme.

— Je ne pense pas, répondit-il.

Et redescendant l'escalier, il relut la lettre que, dans sa fatale impatience, madame Lescombat lui écrivait elle-même :

« Songe, lui disait-elle, songe qu'il nous reste à peine une heure! Si tu ne viens pas, si tu crains de frapper, en un mot, si tu as peur, eh bien! ce sera moi qui le frapperai : je suis là! »

L'idée qu'elle pourrait seule affronter un tel péril, commettre un pareil crime et tremper ses mains dans ce sang, fit courir un froid glacé dans les veines du jeune homme; il arriva cependant à temps pour trouver la pâle coupable encore seule, dévorée de toutes les angoisses de l'inquiétude et de l'effroi. Elle se tenait debout devant la table où elle attendait l'architecte; à tout ce que put lui dire Mongeot, son oreille fut de fer comme son cœur.

— Pas de pitié ! dit-elle, et rappelle-toi que je t'attends! En même temps, elle lui indiqua du doigt la grille par laquelle il devait entrer dans le jardin. Bientôt la noire silhouette d'un homme en manteau se dessina sur la neige qui jonchait la rue; elle quitta Mongeot en détachant du doigt l'anneau d'alliance qu'elle portait.

— C'est lui ! murmura-t-elle d'une voix sourde, éteins la lumière, il va monter.

Et elle se perdit dans les profondeurs du jardin dont un vent glacial faisait crier les branchages morts; elle marchait d'un pas inégal et agité. Quand elle se retourna, elle avait laissé derrière elle un si long espace, que la respiration lui manqua... Elle appuya sa main sur une des bornes de la rue d'Enfer, et, prêtant l'oreille, elle entendit bientôt le claquement de fouet d'un postillon. C'était la chaise qui devait venir la chercher avec M. Lescombat... Consternée, mourante, elle eut encore la force de se traîner quelques pas plus loin ; elle se fût peut-être évanouie dans l'horrible anxiété de cette attente, lorsque les cris : *Au meurtre! à l'assassin !* parvinrent jusqu'à elle. En même temps, et comme à travers un brouillard, elle entrevit l'uniforme des soldats du guet, et Mongeot fuyant vers l'endroit où elle marchait... La chaise demeurait attelée devant la grille... Un exempt y fit monter le jeune homme pendant que plusieurs autres relevaient un cadavre sur le pavé. La nuit était profonde, et la voiture prit le chemin du Châtelet.

XI

DEUX VISITES

A l'époque de ce drame, le Châtelet, plus redoutable aux yeux du peuple que la Bastille, parce qu'on n'en passait guère le seuil que pour se voir transféré à la Conciergerie, était devenu une sorte de texte pour les récits populaires ; on parlait de ses mystères avec terreur. Sous les trois règnes, ces murailles épaisses, ces sombres cachots, passaient pour recéler des histoires aussi problématiques que celle du *Masque de fer*, et un frémissement involontaire saisissait le bourgeois parisien à la vue de la gothique forteresse.

Il est hors de doute, d'après ses registres, qu'au fond de la terre, dans un trou à mettre les morts, la justice humaine y logeait des hommes vivants. Ces mornes prisons s'appelaient alors *les caves*. Au-dessus s'élevait le vieil édifice, monument du siècle de Dagobert, où le conseil des Seize fit arrêter et pendre Brisson, Larché, Pardif et tant d'autres. La salle de la Question, cette dernière trace de la barbarie légale, qu'abolit Louis XVI, était située dans la tour regardant l'extrémité méridionale du Petit-Pont, et les bateliers des coches d'eau qui descendaient chaque nuit la Seine pouvaient entendre parfois sous ces murs les gémissements étouffés de leurs victimes.

Une semaine après l'assassinat commis chez le suisse du Luxembourg, un guichetier, vêtu d'une veste de camelot rouge, descendait paisiblement vers midi les marches verdâtres de l'un de ces escaliers qui menaient alors aux caves. Il parut hésiter avant de tourner sa clef dans la serrure de l'un des cachots; on eût dit que la mission qu'il avait à remplir près du prisonnier l'effrayait.

— Est-ce vous, Richard? demanda une voix faible qui semblait partir de la profondeur d'une tombe.

— Oui, reprit le guichetier, je venais vous apporter votre déjeuner ordinaire, du pain et une cruche d'eau. Si vous n'y touchez pas plus qu'hier...

Une toux sèche, fiévreuse, fut la seule réponse qu'obtint Richard; il se mit alors à considérer de l'air d'un médecin qui examine son malade. La figure de Mongeot était aussi pâle que la muraille fraîchement recrépie du souterrain; il était couché sur un misérable grabat, le corps à demi roulé dans son manteau.

— Vous avez pourtant besoin de prendre des forces, mon jeune ami, car c'est demain que doit avoir lieu votre second interrogatoire dans la tour du Petit-Pont... Vous n'ignorez pas que là il n'y a que les juges qui interrogent...

— Je le sais. J'ai répondu aux magistrats une première fois; Dieu me donnera le courage de comparaître devant eux une seconde...

— Oui, mais c'est que le chevalet est un lit cruel, mon jeune ami, et puis vous êtes si faible! Que ne convenez-vous tout de suite qu'on vous a poussé à commettre le crime? pourquoi persister à nier le nom de vos complices? Il est impossible qu'à votre âge... un si doux jeune homme! continua Richard en le regardant avec intérêt et en déposant à terre sa cruche d'eau.

— Je vous le répète, Richard, c'est moi seul qui ai commis le meurtre, moi seul j'appartiens à la justice des hommes. Tout ce que je demande, c'est qu'on n'éloigne pas désormais de mon cachot les personnes qui voudraient me voir; M. le prévôt du Châtelet m'a promis de révoquer cet ordre.

— Et vous allez avoir la preuve que je ne cherche pas à augmenter le poids de votre captivité; il y a là dans la cour ce vieillard qui est déjà venu à plusieurs reprises pour vous visiter. Je l'ai laissé avec le secrétaire de la prison; il demande, je crois, votre translation dans la partie haute du Châtelet. Je doute qu'on la lui accorde, reprit tristement Richard en hochant la tête. La famille de M. Lescombat s'est portée partie contre vous avec un tel acharnement... Mais voici votre visiteur, je vais lui ouvrir, il vous dira sans doute mieux que moi...

La porte du cachot tourna, en effet, sur ses gonds, et donna passage à d'Aquin, dont le visage portait l'empreinte de l'abattement, car l'espoir de l'organiste venait d'être déçu. Il se jeta au cou de Mongeot et le serra quelque temps contre son cœur dans une sombre et morne étreinte.

— Enfin! murmura-t-il, enfin il m'est permis de vous voir! Après ces huit jours mortels!...

Le guichetier venait de partir, d'Aquin jeta les yeux sur la cage souterraine dont aucun rayon de soleil ne dorait alors les barreaux.

— Et voilà comme ils vous traitent, reprit-il, malgré mes lettres et mes supplications de tout à l'heure. Pauvre enfant! que vous avez dû souffrir!

Mongeot leva les yeux vers un petit crucifix que Richard avait placé au pied de son lit. Un air humide et froid glissait par les vitres mal jointes du soupirail, les murailles suintaient depuis la voûte jusqu'aux planches à demi pourries du sol.

— Il est impossible qu'on vous laisse en ce lieu, reprit d'Aquin; j'irai voir en sortant M. le lieutenant-criminel; mais avant ce juge, il faut que je vous interroge, Mongeot : est-il vrai que vous vous soyez rendu coupable de ce meurtre?

Le jeune homme baissa la tête.

— Vous, un assassin! murmura l'organiste terrifié. Oh! mon Dieu, mon Dieu, vous l'aviez donc ainsi décidé dans votre justice! Et vous leur avez fait l'aveu du crime, continua-t-il, vous avez subi déjà un premier interrogatoire...

— Je l'ai subi seul, reprit Mongeot en regardant de nouveau le crucifix.

— Seul, avez-vous dit, vous aviez donc un complice?

Mongeot ne répondit pas.

— Et quel était-il? parlez. Le silence du prêtre qui franchit le degré de ces cachots n'est pas plus sûr que le mien. Oh! je savais bien que mon enfant bien-aimé, mon fils, celui que j'ai toujours connu noble et généreux malgré sa faiblesse, n'avait pu concevoir le plan de cette lâche attaque; il faut que le démon vous ait lui même conseillé.

— Écoutez, mon père, ce n'est pas à vous que je mentirais le pied dans la tombe; non, ce n'est pas moi qui ai pu imaginer ce crime, c'est moi seul qui ai dû l'exécuter.

— Pourquoi?

— Parce que cet homme allait me ravir ce que j'avais de plus cher, parce qu'il avait parlé lui-même de me tuer dans mon enfant! Voilà pourquoi j'ai dû le tuer, voilà pourquoi je ne me repens pas de l'avoir fait!

— Malheureux! et si je vous disais que ce complice dont vous me parlez, et dont à tout prix il faut que je sache le nom, vous a indignement abusé; si je vous disais que mieux que tout autre je puis vous répondre de Lescombat la main haute, la confiance au cœur, la vérité sur les lèvres?

— Vous?

— Oui, moi, le dépositaire de ses suprêmes volontés.

— Il ne serait pas mort, il vivrait! s'écria-t-il dans un frénétique transport; ah! parlez à votre tour, dites-moi si l'on me trompe?

— On ne vous a pas trompé, Mongeot; en retrouvant Lescombat, je n'ai retrouvé qu'un froid cadavre. Mais sur ce cadavre il y avait un papier, et c'est ce testament adressé à moi seul et dont la justice m'a permis de prendre copie, que je viens vous lire... Oui, sachez qu'en abandonnant la France pour ne jamais la revoir peut-être, il avait songé au seul homme qu'il eût dû oublier, à vous, dont par cet écrit il prétendait assurer le sort! La voilà cette page où, en cas de mort, il vous léguait ainsi qu'à votre enfant une partie de sa fortune; lisez ces lignes, lisez-les, c'est le châtiment le plus terrible que pût vous réserver Dieu dans sa justice!

Et, comme le jeune homme repoussait douloureusement le papier, le vieillard le lut en s'arrêtant lui-même à la fin de chaque phrase. Jamais douleur plus aiguë n'était entrée dans l'âme d'un coupable, jamais lueur plus cruelle ne s'était fait jour dans l'esprit d'un meurtrier. Mongeot crut entendre Lescombat lui-même; il se leva en se débattant contre cette fatale apparition.

— Pitié! s'écria le jeune homme les bras étendus, pitié!

Il semblait vraiment qu'il parlât alors à une ombre. Secouant enfin le poids de sa stupeur, il retomba sur sa chaise de paille avec des sanglots; son front était perlé de cette sueur lente et cruelle qui abonde au front des morts.

— Et j'ai pu le tuer, trancher ses jours d'un seul coup! Je ne lui ai pas même donné le temps de se reconnaître, le temps de m'apprendre qu'il me pardonnait et me laissait un pareil bienfait pour adieu! Honte sur moi, mon père, honte sur l'infâme qui m'a poussé à ce meurtre! Oh! mon Dieu, mon Dieu, que vous avais-je fait pour devenir aussi coupable, aussi lâche!

Il frappait comme un insensé les murailles de sa prison: cette révélation réveillait en lui la fureur et le remords. L'organiste était le seul homme dont il ne pût suspecter la bonne foi; d'ailleurs, il tenait en main la copie de cette lettre déposée, disait-il, au greffe du Châtelet. L'image de sa victime n'apparaissait plus sous le même jour à Mongeot, il eût voulu mourir pour racheter cet odieux attentat.

— Et c'est elle, c'est elle qui a pu m'arracher cet exécrable serment, reprit-il dans le bouleversement de ses pensées, c'est elle; oh! qu'elle soit maudite!

Le vieillard à son tour parut foudroyé quelques secondes; un rayon inattendu venait de percer pour lui les profondeurs de ce cachot; il se suspendit aux lèvres du coupable avec une attention pleine d'angoisse... Mongeot lui raconta ce qu'avait exigé de lui sa maîtresse, il lui avoua tout, tout jusqu'à cet hymen dont le sang était le prix, il lui montra son anneau.

— Parjure et meurtrier! voilà ce qu'elle a fait de lui! murmura à voix basse l'organiste: oh! que dira Blanche? ajouta-t-il en se couvrant le front de ses mains. Mais vous l'avez donc crue cette femme, vous l'avez donc crue? demanda-t-il au jeune homme.

— Je l'aimais et je l'ai crue, répondit-il. Oh! malheur sur moi, qui me suis laissé égarer! Mais aussi, mon père, ne m'avait-elle pas écrit que, si le courage me manquait pour accomplir cette œuvre coupable, elle ne craindrait pas de prendre elle-même ma place? Cette lettre, la voici... Vous y reconnaissez sa main, n'est-ce pas? Avec cette arme terrible, je pourrais l'amener moi-même ici, je pourrais... Mais plutôt mourir que de l'accuser, mon père; oui, seul, j'expierai le crime, que seul je n'ai point commis!

— Quoi! vous hésiteriez encore à remettre entre les mains de la justice cette preuve écrasante qui vous sauvera peut-être?...

— Assez d'un coupable, mon père, il faut qu'elle vive, il faut qu'elle ne lègue pas la honte au fruit qui naîtra de ses entrailles. Cette lettre, que j'ai pu soustraire aux recherches, et que dans ma prison il m'est impossible de détruire, prenez-la, mais jurez-moi...

Il parlait encore lorsque le guichetier rentra.

— L'heure de votre permission est expirée, dit-il à l'organiste, veuillez me suivre par cette porte de sortie. D'ailleurs, une autre visite attend monsieur.

— Laquelle? demanda Mongeot d'un air d'inquiétude et de crainte. Richard se pencha à l'oreille du prisonnier et lui parla à voix basse...

— Je compte sur votre parole, mon père, dit alors le jeune homme à l'organiste; vous n'oublierez pas ce que je vous ai demandé, ce que vous m'avez promis.

D'Aquin baissa la tête en serrant la main du jeune homme... Le guichetier de la prison reparut bientôt, précédant une femme dont un voile noir cachait les traits. Elle ne l'écarta que lorsqu'elle se fut assurée du départ de d'Aquin. Mongeot reconnut alors madame Lescombat.

— Vous ici! murmura le pâle captif.

— Que voulait cet homme? demanda-t-elle en montrant la porte par laquelle l'organiste était sorti.

— C'est mon confesseur, mon père, reprit le jeune homme. Marie, je lui ai tout dit.

— Tout? murmura-t-elle avec une anxiété inexprimable.

Mongeot pencha la tête en signe d'assentiment.

— C'est bien, reprit-elle après un intervalle de silence où son regard perçant examina la contenance du prisonnier, vous n'en comprendrez alors que mieux ma démarche...

— Laquelle?

— Celle que me prescrit une impérieuse nécessité. Henri, rendez-moi ma lettre.

Il la regarda avec un affreux étonnement; cette parole froide et terne venait de retentir au fond de son âme comme un son de cloche funèbre.

— N'avez-vous pas autre chose à me dire? murmura-t-il en la toisant d'un œil égaré.

Elle était habillée coquettement, bien qu'elle fût en deuil; une ample baigneuse couvrait son cou. Pour cacher sa pâleur, elle avait cru sans doute devoir mettre du rouge. Une agitation fébrile semblait toutefois se faire jour sous cette assurance d'emprunt, et l'on devinait qu'elle avait peur.

Lui cependant, il la parcourait des yeux dans un douloureux silence; le moment approchait où, trop longtemps gonflé par l'orage, son cœur allait déborder.

— Est-ce bien vous, Marie? dit-il avec une singulière amertume, est-ce bien vous qui avez pénétré dans ce cachot, pour me prouver seulement que vous aviez peur?

A ce reproche, prononcé plutôt avec le ton de l'accablement qu'avec celui du courroux, elle releva le front.

— Je ne tremble point pour moi, lui dit-elle, c'est pour vous seul, Mongeot; il est important qu'on ne vous croie avec moi aucune connivence. Vous avez dit, dans votre premier interrogatoire, ne pas m'avoir vue depuis la scène terrible de votre renvoi, cette lettre ruinerait votre système de défense. Vous avez reçu de moi la promesse sacrée d'une épouse, que demandez-vous de plus? Pouvais-je pénétrer ici, me l'a-t-on permis, malgré mes supplications et mes larmes? Oh! oui, continua-t-elle en jetant un regard sur les murs du cachot souterrain; oui, c'est un horrible lieu que celui-ci; mais ces verrous ne peuvent-ils donc tomber, ne peux-tu devenir libre?

— Libre! comment?

— Oui, ne saurais-tu te défendre autrement que tu ne l'as fait, ne peux-tu soutenir que tu fus contraint de te protéger toi même contre le fer d'un jaloux, dans un affreux guet-apens? Cette épée trouvée à côté de lui...

— Assez, assez, madame, ce que je viens d'apprendre m'interdit un mensonge... Oui, vous m'avez indignement abusé, et cet acte trouvé sur M. Lescombat dans cette nuit fatale...

— Cet acte? que voulez-vous dire?

— Lisez vous-même, lisez, dit-il en lui montrant la copie que d'Aquin lui avait laissée. Vous le voyez, c'est un ami, c'est un bienfaiteur que j'ai tué!... Et vous voudriez que je le flétrisse, aux yeux de mes juges, du nom d'agresseur? On ne me croirait pas, madame; oh! je ne me rendrai pas coupable de cette nouvelle lâcheté. Quant à votre lettre... rassurez-vous: me défiant de moi-même et des aveux que pourrait m'arracher bientôt la torture, je viens de la remettre à ce vieillard, à qui j'ai fait jurer de la détruire.

Madame Lescombat ne put contenir un cri de bonheur, elle respira.

— Henri, reprit-elle en se précipitant alors aux pieds du jeune homme dans une exaltation difficile à rendre, car elle ne doutait pas de ses paroles, ce n'est pas pour moi que je suis venue, c'est pour l'enfant que je porte dans mon sein! Mais tu ne mourras pas, tu ne peux mourir; nous trouverons plutôt un moyen de t'arracher aux horreurs de cette prison. Rassure-toi à ton tour, reprends courage... si tu as fait tomber, en t'accusant toi-même dans ce premier interrogatoire, les charges qui s'élevaient contre moi, moi, de mon côté, je n'ai point parlé, mon silence t'a défendu devant tes juges. Je serai muette comme la tombe, Henri, je garderai ce secret de mort! Oh! merci mille fois, c'est à toi que je dois de ne pas languir dans un cachot, c'est à toi que cet ange devra la vie! Comment m'acquitter jamais?...

— En me promettant, Marie, de partir ce soir même, sous

la garde de d'Aquin, de dérober notre enfant aux périls que tu peux courir... Oui, si l'on devait de nouveau t'interroger...

— La fuite! y songes-tu? mais ce serait m'accuser aux yeux de tous! Tu sais que l'on ne m'a accordé la liberté qu'à une seule condition, celle de me représenter quand la cour l'exigerait. Dois-je, par mon absence, donner gain de cause à nos ennemis? Ce matin, j'ai obtenu du lieutenant-criminel la permission de te visiter; on voulait se servir de moi pour t'arracher des aveux... Encore une fois, nul ne me croit ta complice; mon mari avait pris soin de brûler la correspondance qui nous accusait tous deux: aucune preuve ne pourrait donc déposer contre moi, aucune, si ce n'est cette lettre que d'Aquin vient de recevoir et qu'il t'a juré d'anéantir. Pourquoi fuirais-je, Henri? pourquoi m'enlever la consolation de venir ici chaque jour t'apporter des paroles et des caresses qui consolent? Ne sommes-nous pas époux? reprit-elle en lui montrant la bague d'alliance qu'il portait.

— Oui, nous sommes unis par le sang, répondit-il d'une voix sourde, et c'est toi qui l'as voulu. J'étais un amoureux, un insensé, tu as fait de moi un assassin! Nous sommes mariés, dis-tu? oh! oui, mais ce sera le bourreau qui fera ma toilette le jour des noces. Je ne mourrai pas même ta main dans la mienne, Marie, je mourrai livré en spectacle aux yeux effrontés de la multitude. Et toi, pendant ce temps, où seras-tu, te verrai-je? C'est là une idée plus épouvantable pour moi que la hache qui tue, que la barre qui brise les os! N'avoir commis ce crime que pour te posséder, te suivre, et me trouver rejeté dans un abîme sans fond! et pas même l'avenir, l'avenir pour nous retrouver! Unis par l'enfer, nous reverrons-nous dans le ciel?...

En parlant ainsi, ses regards demeuraient cloués sur le sol de la prison; on eût dit vraiment que la vie l'avait quitté! Ce sombre caveau, dans lequel l'oreille ne surprenait le son d'aucun pas extérieur, glaçait d'horreur madame Lescombat; le but de sa visite une fois rempli, l'astucieuse coupable eût voulu se faire des ailes pour en sortir. Mongeot la contemplait en silence comme une de ces filles des noirs abîmes, contre lesquelles les anachorètes se fortifiaient par les prières; jamais, peut-être, elle ne lui avait paru plus belle que dans cet horrible lieu. L'infortuné jeune homme ne pouvait détacher ses yeux de ce visage adoré, masque impénétrable qui cachait le crime; il regardait cette créature dépravée avec amour. Pour elle, jalouse de jouer son rôle jusqu'au bout, elle ne craignait pas de l'accabler des protestations les plus tendres.

— Je pars, dit-elle enfin en feignant de s'arracher avec effort à ses caresses, je pars, Henri, mais je reviendrai bientôt. Demain, ce soir, peut-être, j'espère obtenir ta translation dans une autre partie de la prison. Adieu, tout ce que j'aime, tout ce que je regrette au monde! En te quittant, je retourne au pied des autels; là peut-être, en invoquant le ciel, en m'offrant à ta place comme une victime d'expiation, je l'intéresserai à ta délivrance. Encore une fois, espoir et courage! N'es-tu pas sûr à jamais de ce cœur, et n'en connais-tu pas chaque pensée?

Il l'écoutait ainsi, doutant de lui-même et de sa raison, quand l'horloge de la prison sonna cinq heures. Madame Lescombat tressaillit comme si le timbre du cadran eût éveillé en elle un empressement furtif, elle se hâta de quitter le prisonnier. Mongeot la vit partir avec un amer brisement de cœur : avec cette femme s'en allait tout son courage. Elle partie, il fit la visite de son cachot ou plutôt de sa tombe, pour recueillir les parfums qu'elle lui semblait avoir semés. Grâce à lui, elle était enfin hors de l'atteinte de ses juges; grâce à lui, cette existence précieuse était à l'abri. Quand Richard revint, il trouva le jeune homme agenouillé au pied de son lit, il adressait au ciel une de ces prières ferventes, dont les anges eux-mêmes portent le cri jusqu'à Dieu.

— Ne vous effarouchez pas, mon jeune ami, dit le guichetier, si je vous dérange. Je venais voir si vous n'aviez besoin de rien, après la visite de cette belle dame. A ce qu'il me paraît, on va décoiffer, en son honneur, quelques bouteilles là-haut, car je viens de rencontrer Hubert, le geôlier de la tour de l'Est, avec un panier de vin et quelques menus plats de pâtisserie. Vous n'étiez peut-être pas assez riche pour lui donner collation; et d'ailleurs l'appartement est incommode, continua Richard en regardant le souterrain, tandis que là-haut chez ce jeune gentilhomme...

— Malheureux! s'écria Mongeot en prenant avec force le bras de Richard, qu'as-tu dit?

— Je dis que cette dame vient de monter ici au-dessus, au rez-de-chaussée, après vous avoir quitté.

— Tu vas payer de tes jours cet abominable mensonge!

— Un mensonge! Oh que non! j'ai bien vu votre belle entrer dans la prison du susdit. Ecoutez donc, c'est tout simple, si elle a une permission.

— Quel est cet homme? réponds, et songe que chacune de tes paroles retombera sur toi si tu me trompes!

— Dame! mon cher monsieur, c'est un gentilhomme de bonne maison, un étranger, je crois, voilà tout ce que j'en sais. Il se parfume, se lave, s'agite du matin au soir dans sa chambre; il n'y a pas pour lui de linge assez riche, de vin assez excellent. Pour son crime, je l'ignore, mais ce qu'il y a de sûr, c'est qu'il ne prend pas le Châtelet en homme désespéré.

— Tu ne me trompes pas, Richard? s'écria Mongeot en passant sa main sur ses yeux comme s'il eût craint d'être le jouet d'un mauvais rêve; eh bien! alors il faut que je pénètre dans la prison de cet homme, il faut que je le voie et que je lui parle à l'instant même...

— Impossible; c'est Hubert qui est son gardien; je n'ai rien à faire avec les cachots supérieurs.

— Ne peux-tu donc persuader à cet Hubert que ce n'est pas une évasion que je cherche, c'est une entrevue de laquelle dépend mon sort. Oui, par tous les serments du ciel et de l'enfer, je m'engage à rester auprès de toi, pendant que, l'oreille collée contre la porte de ce prisonnier...

— Diable! mon jeune ami, il paraît que la dame vous tient au cœur; mais y a-t-il donc tant de mal à ce qu'elle vienne prendre la collation chez un autre? Savez-vous bien que cela est laid d'être jaloux? Reposez tranquillement, vous devriez être occupé de choses plus graves...

— Richard, reprit le jeune homme en se suspendant au cou du guichetier et le conjurant avec l'expression déchirante du désespoir, Richard, si tu as jamais connu le tourment d'être trompé par ce que tu avais de plus cher, si tu as aimé dans ta vie une femme qui ne t'aimait pas, une femme dont tu doutais malgré tout ce que tu avais pu faire pour elle, fraie-moi vite un passage jusqu'à ce cachot. Voici deux pièces d'or, prends-les; demain le vieillard qui est venu me visiter t'en donnera le double, je te le promets. Je ferai ce que je t'ai dit, je resterai calme, impassible à côté de cette porte, à côté d'Hubert ou de toi. Si tu me refuses, je me brise cette nuit le front contre ces barreaux, et demain en entrant ici tu ne trouveras que mon cadavre!

Il s'était relevé fier et menaçant, ne rougissant pas même au fond de son cœur d'avoir dévoilé à cet homme cet amour emporté, cette jalousie convulsive. Pour Richard, il avait vu jusque-là bien des prisonniers et des amants, mais jamais, dans ce séjour marqué par le deuil et par la tombe, il n'avait rencontré un homme dont les paroles éveillassent en lui une plus superstitieuse terreur. L'idée de le voir suspendu le lendemain à sa fenêtre, ou de le relever mort sur le plancher, produisit en son âme un tel effroi, que, repoussant les pièces d'or du jeune homme :

— Par la Vierge! dit-il, je ne vous demande qu'une chose, c'est de me payer chopine ainsi qu'à Hubert. La porte du prisonnier est bien close et vous n'avez pas d'armes; nous vous laisserons écouter à votre aise ce dialogue amoureux.

Il sortit alors pour se concerter avec Hubert, et revint bientôt chercher le jeune homme qu'il installa sur un banc de bois dans un cachot vide, près de celui du prisonnier.

XII

LE LIEUTENANT CRIMINEL.

A côté de ce cachot vide se trouvait celui du gentilhomme dont le guichetier avait parlé à Mongeot. Celui-ci, dès qu'il eut vu partir Richard, examina le lieu où il se trouvait avec une inexprimable anxiété.

Il était alors dans une complète obscurité, Richard ayant jugé à propos de ne lui laisser aucune lumière. Il tâtonna les murs qui le séparaient de l'autre cachot; ils étaient d'une épaisseur telle, que sans la porte intermédiaire qui existait, on n'eût pu entendre le moins du monde ce qui se passait chez le prisonnier. Cette porte offrait quelques maigres fissures, à travers lesquelles Mongeot entrevit confusément tout d'abord un lit et quelques meubles assez propres. Un personnage en robe de chambre usée et tenant une guitare lui tournait le dos; il paraissait attendre à une table déjà servie une femme qui s'agitait devant un morceau de glace pendu à l'espagnolette de la fenêtre. Lorsqu'elle se retourna, Mongeot reconnut madame Lescombat.

Elle avait écarté de ses épaules la baigneuse d'étoffe blanche qui les recouvrait auparavant; sur son cou, éclairé alors par le feu de deux bougies, resplendissait un magnifique collier; ses mains dégantées étalaient des bagues nombreuses. On eût dit vraiment qu'elle arrivait parée pour quelque souper de Trianon ou de Versailles. Une coquetterie libertine semblait avoir présidé à sa toilette. Ce n'était plus cet air languissant et désespéré, cette femme éperdue qui s'était roulée aux pieds du jeune homme l'instant d'avant, avec des mots d'angoisse et de sombre volupté : c'était une métamorphose horrible et soudaine, une apparition de courtisane effrontée. Elle s'assit bientôt et tendit la main à son convive. Mongeot frissonna en entendant la voix du chevalier de Vera-Crux.

— Dîner de prison, ma chère, que voulez-vous? nous ne sommes plus là au *Galant-Dauphin*, où je vous ai régalée tant de fois, à Chantilly... Que dites-vous pourtant de cette tourte d'ananas?

— Excellente, chevalier; mais il faut que nous nous concertions tous deux...

Il reprit après une pause :

— Vous l'avez donc vu? Il doit être accablé le pauvre jeune homme. On dit que ces caves du Châtelet sont horribles; parlez-moi du moins d'une chambre comme la mienne, à la bonne heure! Mais aussi pourquoi a-t-il fait la sottise de se laisser prendre? A propos, vous n'avez pas manqué de lui demander la lettre?

— Il l'a remise à d'Aquin, qui doit la détruire. Nul doute que le vieillard n'accomplisse cette promesse. Je respire, je suis tranquille, chevalier; il ne nous reste plus qu'à effectuer notre projet.

— Reposez-vous sur moi, mon travail avance; et si je parviens à l'achever...

Soulevant un coffre assez lourd, il lui fit voir alors plusieurs carreaux du parquet fort habilement détachés; ces carreaux recouvraient une issue assez profonde.

— D'après la topographie exacte du Châtelet que je sais par cœur, et pour raison, cette issue, dit-il, doit me conduire jusqu'à ce qu'on nomme la grille d'eau : c'est une geôle à treillage qui aboutit à la Seine, et dans laquelle on liait autrefois le prisonnier jusqu'à ce que l'eau l'étouffât en lui montant jusqu'au cou.

— Quelle horreur!

— Vous avez raison : la justice d'aujourd'hui est plus humaine, quoi qu'on en dise; elle a fait combler le trou; mais le plâtras qui recouvre la grille d'eau une fois détaché... je gagne la Seine et suis homme à trouver place sur le premier coche d'eau qui passera... De là, ma chère, je vous rejoins au premier bourg, et nous partons.

— Et combien croyez-vous qu'il faille encore de jours?

— Quatre au plus, juste le temps de tromper mes guichetiers par un air d'insouciance. Je suis au fait de ces ruses-là.

— Vous ne m'avez pas dit encore, chevalier, par quel revers de fortune je vous retrouvai en ce lieu; serait-ce la baronne?...

— Pas le moins du monde, ma toute belle, c'est un tour de ce gueux d'Aubignac! Vous ignorez peut-être d'où vient le collier que vous portez? Il appartient, ma chère, à l'une de nos plus célèbres comédiennes, à la Dumesnil, que le diable emporte! ajouta Vera-Crux en se versant une rasade de pomard.

— Ce collier? reprit madame Lescombat; c'est de la baronne que je le tiens.

— Et cela était nécessaire, ma reine, puisque je vous avais donné la première fois celui de la baronne. Elle en fut d'une colère!...

— Que m'apprenez-vous? quelle indignité!

— Je ne sache pas que vous ayez perdu au change. Le collier de la Dumesnil vaut le double de celui de la baronne, reprit froidement Vera-Crux. Il vous va fort bien; mais ce qui ne m'a pas été le moins du monde, c'est que ce fourbe de d'Aubignac m'a accusé devant tous de l'avoir volé, tandis que lui seul avait fait le coup. Nous étions en froid depuis quelque temps, et il aura saisi cette occasion de se venger. Comme il avait soupé, je crois vous l'avoir dit, avec Hermione, sous mon nom, et que la Dumesnil avait porté plainte contre le chevalier de Vera-Crux, il a eu peur d'être reconnu par elle, et a fait retomber sur moi le poids de l'accusation. Malheureusement j'avais d'autres démêlés avec la justice; elle m'a trouvé des griefs plus sérieux que celui du collier, et m'a logé ici poliment au Châtelet : tout cela à cause de vous. Voyez si je suis galant : je ne reprends pas mes cadeaux. En sortant, toutefois, je vous conseille de remettre votre baigneuse.

Soit que le chevalier dît vrai, soit qu'il crût plutôt devoir colorer sa captivité de ce prétexte, madame Lescombat s'empressa de détacher le collier caché jusque-là par sa baigneuse, et de le faire glisser dans son cou. Le chevalier de Vera-Crux lui fit les honneurs de cette table avec une grâce exquise : le vin qu'il lui versait, les discours qu'il lui tenait, les instants de bonheur qu'ils semblaient se rappeler ensemble, cette union étroite, irrécusable, de deux cœurs flétris, dépravés, tout cela était bien fait, à coup sûr, pour enflammer le sang de Mongeot. Vingt fois il se contint pour ne point frapper à la porte, vingt fois il chercha dans l'obscurité de ce cachot le fer qui manquait à son côté. L'impudence de cette femme l'effraya; il se croyait dupe de quelque horrible hallucination. Tout d'un coup, son nom, prononcé par Vera-Crux, retentit à son oreille au bruit de deux verres qui semblaient s'entre-choquer; il colla de nouveau son front humide de sueur contre la porte...

— Savez-vous, disait le chevalier, que vous ne choisissez pas mal vos amoureux, ma toute belle? Soumis et dévoués jusqu'à la mort. Vous auriez beau jeu dans le Portugal, qui est mon pays.

Elle ne répondit rien.

— Vous êtes distraite, préoccupée, ce Mongeot vous tient au cœur. Entre nous, pourtant, ce n'était pas là ce qui vous convenait. Aucun nom, aucun état, un joli visage et de l'amour : voilà tout ce qu'il avait à vous offrir.

— Il m'aimait... reprit-elle avec un soupir de regret, il m'aime encore...

— Laissez donc ! Un maladroit ! Ah ! si vous m'aviez chargé du coup ! mais vous avez craint de m'exposer, je vous en veux. Quant à vous obéir jusqu'à ce jour-là, il me semble que je ne m'y suis pas épargné. La façon adroite dont j'ai fait escamoter par d'Aubignac le portefeuille où se trouvait votre correspondance... Il est vrai que l'honneur du succès vous revient un peu, vous m'aviez décrit si minutieusement ce portefeuille, vous m'aviez si bien donné l'empreinte de la serrure...

— Oh ! ne me parlez pas de cela... reprit-elle en regardant autour de la chambre avec un sentiment indéfinissable de frayeur... Si quelqu'un nous entendait !

— Je n'en parle que pour vous prouver le soin que j'ai mis à mériter vos bonnes grâces. Un bravo de Venise ne vous eût pas mieux servie. Quoi de plus simple après tout ? Ce jeune homme vous aimait, vous en étiez lasse et vous vouliez trouver un moyen ingénieux de reprendre vos lettres. J'avais réussi ; mais la présence de votre mari, dans ce damné pavillon, a tout gâté... Le portefeuille est, ma foi, tombé dans ses mains...

Il y eut, derrière la porte, un gémissement étouffé, un bruit pareil à celui d'un homme qui s'affaisse sur lui-même. Vera-Crux prit une des bougies et l'approcha de la serrure ; mais un vent glacé l'éteignit tout aussitôt.

— C'est singulier ! reprit-il, j'avais cru entendre... Il tira sa montre et vit qu'il était huit heures.

— Dans une heure, vous le savez, expire la permission de tout visiteur au Châtelet ; employons donc bien le temps qui nous reste. Je ne dois pas vous cacher que la Godrecourt me relance jusqu'ici. C'est sur mon malheur que spécule la chère baronne. Elle pense que, comme on a le temps de réfléchir dans cette agréable solitude, je réfléchirai. Je lui parais, ma chère, un parti fort convenable. Pour ne rien vous cacher, j'ai quelques raisons de ménager cette ancienne amie, mais, en vérité, cela ne va pas jusqu'à allumer pour elle les flambeaux de l'hymen dans ma prison. Vous êtes belle, Marie, vous m'avez plu ; seulement, ce qui me blesse, c'est que vous avez voulu mettre une condition à cet amour. Vous avez le pas sur la baronne ; mais pourquoi me demander la même chose ?

— Parce que vous seul, Vera-Crux, pouvez me donner une nouvelle patrie, un nom nouveau, parce qu'il faut que je quitte ces lieux où tout me rappelle à moi-même, parce que vous-même enfin vous ne voulez pas me perdre... Il ne faut pas que vous paraissiez m'avoir enlevée ; c'est de mon plein assentiment que je dois vous suivre. Engagez-vous donc ici formellement à m'épouser, donnez-moi votre parole : que vous ne serez pas seulement mon guide et mon défenseur dans ma fuite, mais que vous serez mon époux !...

Elle s'était levée en fixant le Portugais dans une sombre inquiétude. Sa pose, son regard, sa voix, tout était chez elle prestige et fascination ; mais Vera-Crux, s'enveloppant de sa robe de chambre fanée, d'un air de tragédien de province :

— Par ma foi, ma chère, je suis désolé de ne pouvoir vous satisfaire ; mais, entre nous, le sang des Vera-Crux ne peut s'allier à aucune famille sans le consentement exprès de Sa Majesté Jean V, le roi actuel du Portugal. Et puis, vous le savez, il y a une autre raison qui s'oppose à ce fâcheux projet... Vous portez en votre sein le fruit de votre liaison clandestine avec un autre ; vous comprendrez que les honneurs de cette paternité me touchent peu. Jusqu'ici vous m'avez traité en véritable écolier qui sort de pages, vous m'avez fait escamoter adroitement des colliers et des portefeuilles à votre usage ; vous m'avez tenu, comme disent vos bourgeoises, la dragée haute. Ceci, belle fée, ne fait pas mon compte. Vous ne voulez pas d'un amant, vous voulez d'un époux ; à chacun ses rôles, je me retire. Allez, partez, ma belle, je ne crains pas que vous divulguiez à mes juges mon projet d'évasion, car vous-même vous avez besoin de vous sauver. Ce jeune Oreste peut parler, et il serait cruel qu'on vous meublât une chambre au Châtelet !

Cet air de persiflage et surtout l'assurance déhontée de Vera-Crux produisirent l'effet que le chevalier attendait : la rage d'avoir échoué, l'humiliation, la honte, bouleversèrent l'esprit de madame Lescombat. Le rire de cet homme était devenu pour elle aussi aigu, aussi froid que la lame d'un poignard ; c'était la première fois qu'il jetait le masque devant elle. Furieuse, égarée, elle s'approcha de lui si impérieusement qu'il recula.

— Crois-tu donc, lui dit-elle, qu'il m'en coûterait de commettre un nouveau crime ? Le premier pas est fait, chevalier de Vera-Crux, la route est frayée, je ne reculerai pas. Oui, si l'homme pour lequel j'ai joué ma vie, mon avenir, ma fortune, ose me refuser en m'objectant cet obstacle, eh bien ! après tout, cet obstacle est facile à rompre, et cet enfant dont tu parles...

— N'achevez pas, infâme ! interrompit une voix brève et sourde qui se fit jour dans le cachot de Vera-Crux. Et en même temps la porte fut brisée violemment sur ses gonds ; Mongeot apparut aux deux interlocuteurs, les cheveux en désordre, le doigt menaçant, l'œil égaré.

Madame Lescombat recula jusqu'au fond de la chambre, et le chevalier crut voir un spectre...

— Misérable ! s'écria le jeune homme en se précipitant sur sa maîtresse, avant que tu souilles tes mains d'un pareil crime, reçois ici la juste punition du tien !

Et prenant un des couteaux de la table, il en faisait déjà briller l'acier sur le sein de sa maîtresse, lorsque Vera-Crux parvint à le désarmer.

—Qu'allais-je faire ! murmura Mongeot dans un morne épuisement. Quoi ! n'ai-je donc pas tué ? Et il laissa tomber le couteau sur le parquet.

Aux cris poussés par la Lescombat, Hubert et Richard venaient d'accourir ; ils s'emparèrent de Mongeot, dont ils serrèrent fortement les mains avec des cordes.

— Qu'on appelle le lieutenant-criminel, reprit froidement le jeune homme, j'ai à lui faire ma déclaration ! Oui, s'écria-t-il quand le magistrat fut arrivé, je rétracte tous mes aveux ; et dût-on me faire subir la torture, je jure ici devant Dieu que cette femme est ma complice ; c'est elle qui m'a fait assassiner son mari !

Il y eut un moment d'horrible stupeur, et le lieutenant-criminel regarda le prévôt du Châtelet dans un silence glacé. Deux greffiers de la prison l'accompagnaient.

— Tu mens, reprit-elle, tu mens ! ou plutôt, messieurs, ce misérable n'a plus sa raison ! Vous avez trouvé le coupable, il est odieux qu'il ose m'accuser.

— Que l'on me dégage de mes liens, dit le jeune homme, et je le jure sur le Christ.

— Que vas-tu jurer ? reprit-elle ironiquement. Avoue donc plutôt que, ne pouvant rien obtenir de moi, tu as cru la mort de mon mari nécessaire pour arriver à ton but. N'ai-je pas repoussé ton indigne amour ? ne t'ai-je pas laissé bannir de chez moi par le courroux de celui qui se croyait outragé ? Et tu voudrais persuader à tes juges que c'est moi qui t'ai commandé le meurtre ! Mais on n'accuse pas sans avoir les preuves ; où sont les tiennes ? réponds.

Et elle promenait sur lui un regard où brillait toute l'assurance du triomphe. Le jeune homme atterré gardait le silence, il était retombé dans un épuisement profond. Une pâleur mortelle avait succédé à l'animation de ses joues ; cette interrogation qui ressemblait à un défi avait fait retomber sa tête sur sa poitrine.

— Vous le voyez, reprit-elle, il n'a pas de preuves!

— Qu'on fasse monter l'homme qui est venu se constituer ici prisonnier, il n'y a pas une heure, dit alors le lieutenant-criminel d'une voix grave. Son témoignage nous servira peut-être à démêler la vérité.

Un rayon d'espoir illumina le front de Mongeot; les deux porte-clefs sortirent et revinrent avec un homme qui avait monté péniblement les degrés. Madame Lescombat retenait son souffle, une invincible terreur se lisait sur son visage. Le jeune homme poussa un cri, il venait de reconnaître d'Aquin.

A peine entré, le vieillard examina d'abord chacun des acteurs de cette scène d'un air calme et lent, puis s'adressant à Mongeot:

— Mon fils, lui dit-il, je vous avais juré de détruire la lettre que vous m'avez donnée ce matin, mais vous me l'aviez lue, et mon amour pour vous et mon horreur pour celle qui a fait de vous un assassin l'ont emporté sur mon serment. Cette fois, Mongeot, le parjure était un devoir, un tel écrit n'appartient ni à vous ni à moi, il est à la justice... le voici!

Et tirant la lettre de son sein, l'organiste la remit au lieutenant-criminel... Madame Lescombat sentit ses forces défaillir pendant que le juge parcourait de ses yeux ces lignes accablantes.

— Et maintenant, s'écria Mongeot, maintenant nous avons le même sort! le même supplice nous attend, Marie! songe à te parer pour ce jour-là des diamants volés par ton chevalier, tu n'en seras que plus belle! A bientôt, dit-il en redescendant avec lenteur les marches de l'escalier qui devait le reconduire à son cachot, je suis vengé!

XIII

DEUX RIVAUX.

Le dénouement d'une pareille scène avait brisé les forces de Mongeot, cette longue attente à la porte du cachot de Vera-Crux avait valu pour lui la plus cruelle des tortures. Entendre cette femme, qui s'était fait un jeu de sa perte, prodiguer à un autre les serments et les caresses, la voir oublier si vite l'infernal service qu'elle avait exigé de lui, trouver l'infamie au lieu de l'amour, la courtisane au lieu de la maîtresse; tout cela n'était-il pas tait pour replonger cette âme dans toutes les horreurs de sa nuit? L'indignation, la rage avaient enfin délié la langue du jeune homme, il avait parlé, et le ciel avait entendu sa voix : la coupable appartenait à la justice.

Rentré dans sa prison souterraine, après avoir été de nouveau conduit au greffe, il trouva ce même jour le vieillard plus ému peut-être que lui, plus accablé.

— Épargnez-moi vos reproches, reprit d'Aquin, mais je ne pouvais vous laisser sacrifier ainsi à cette misérable. Oui, ce que j'ai fait, j'ai dû le faire, il tardait sans doute à la veuve de Lescombat que la tombe lui répondit de votre silence; mais vous eûtes assez longtemps la générosité de vous taire, Dieu vous a relevé ainsi que moi de votre serment!

— Oh! reprit Mongeot alors dans une attitude calme et sévère et en élevant vers le ciel ses beaux cils mouillés de larmes, Dieu m'est témoin, mon père, que j'ai souffert aujourd'hui plus que je ne souffrirai demain, si demain je dois mourir! J'ai supporté le froid aigu de chacune de ces blessures comme un martyr résigné qu'on attache à un poteau; mais lorsque cette femme a parlé à cet homme de mon enfant comme d'un obstacle, lorsqu'elle a osé lui dire, pour l'ébranler, qu'un second crime lui coûterait peu... alors, voyez-vous, je ne sais quel vertige a passé sur mes yeux et sur mon cœur, je ne sais quelle force s'est trouvée en moi pour renverser cette porte, et dire à cette infâme : —Tu vas mourir avec moi!

— Maintenant, Henri, maintenant que l'œil de la justice n'a plus le même besoin d'approfondir sa perfidie et son crime maintenant que son supplice n'est plus douteux, ô mon fils! oubliez-la!

— Et le puis-je, répondit-il avec un sourire amer, le puis-je, quand toute ma vie se résume, hélas! dans cette femme? Ma jeunesse, mon cœur, je lui avais tout donné, elle m'a légué l'échafaud! Faut-il d'ailleurs vous le dire, mon père? je tremble que maintenant, après la terrible dénonciation que je viens de faire, elle ne réalise l'odieux projet dont elle osait parler à cet homme; oui, je crains que ses mains devenues bientôt parricides...

— N'ayez aucune alarme; les magistrats viennent de l'assujettir dans sa prison à la plus active surveillance; elle a eu grand soin de déclarer sa grossesse, et de réclamer un sursis. Ce sursis est ordinairement de quatre mois et demi, pendant lesquels la condamnée a auprès d'elle deux femmes qui ne la quittent ni jour ni nuit. Si, comme je l'espère, nous parvenons à obtenir pour vous des lettres de grâce... On ne vous a pas transféré à la Conciergerie, et vos juges dont vous venez d'éclairer la religion...

—Mes juges! mon père? oh! je n'en veux plus d'autres que Dieu! celui-la seul comprend chaque battement du cœur, celui-là dans sa balance pèse les moindres soupirs. Je n'étais pas né pour le crime, vous le savez, ô vous que j'ai cependant affligé si cruellement. Blanche! Blanche! ma sœur, comment se fait-il que je ne l'aie pas encore vue?

—Parce que la fièvre l'a terrassée sur son lit, le soir même de votre départ, parce que moi-même je la fais garder à vue par Couperin, mon ami d'enfance et mon élève... Vous devez comprendre que j'ai mis tous mes soins à lui cacher l'horrible nouvelle; quand elle m'interroge, je me contente de détourner la tête avec des larmes, en disant: Il est parti! Il n'y a que les sons de l'orgue qui puissent agir sur elle et la calmer; hier, tenez, elle s'est fait mener le soir, par Couperin, à Saint-Paul, et elle lui disait : Le voyez-vous!— Pourtant elle était seule avec Couperin dans l'église... Mais vous êtes là, devant elle, toujours là... Quand elle vous sourit, j'éprouve un affreux serrement de cœur, je crains que la pauvre enfant ne devienne folle... Si elle découvrait la vérité, si elle vous savait enseveli dans les profondeurs de ce cachot!...

—Elle m'y viendrait chercher, oh! oui, j'en suis sûr, mon père. Mais épargnez-lui cette affreuse vue, épargnez-moi de rougir devant le seul être dont le nom descendra sur mes lèvres comme une prière quand le bourreau étendra la main sur mon corps. Généreuse enfant! qu'elle ignore toute ma honte, et vous, mon père, vous, promettez-moi de venir demain; ne m'abandonnez plus dans cette horrible agonie que je commence! Vous êtes pour moi le prêtre qui délie, le consolateur qui soutient. Vous seul, ô mon père, savez ma vie! vous seul, vous savez si j'ai souffert!

Et des larmes abondantes roulaient de ses yeux, il semblait prendre le vieillard à témoin de son amour, cet amour insensé pour lequel il allait mourir. Il y avait un si amer désespoir dans le son pénétrant de sa voix, un désillusionnement si cruel dans son regard, qu'on voyait qu'il ne gardait plus d'espoir. C'était l'homme qui va quitter la vie comme un fardeau, le convive fatigué après s'être assis au même banquet. D'Aquin ne pouvait se résigner à prendre congé de lui; il regrettait de ne pas avoir la robe du prêtre, le pouvoir du confesseur. L'organiste aimait Mongeot comme le poëte chérit la fleur, et plus il la voit inclinée sous le souffle furieux des orages, prête à se voir coupée dans sa tige, plus son regard humide s'attache sur elle avec terreur. En lui parlant de clémence et de pardon, le vieillard avait le cœur si profondément brisé qu'il y entrait à peine une lueur d'espérance. La voix de Richard le guichetier retentit bientôt dans ces sombres corridors ! il venait prévenir d'Aquin qu'il était attendu dans la chambre du lieutenant-criminel qui se chargeait de le faire reconduire chez lui dans son carrosse.

— Le tribunal siégera cette nuit même, ajouta Richard à l'oreille d'Aquin ; le lieutenant général de robe courte du Châtelet vient de recevoir l'ordre de se tenir prêt au petit jour avec une troupe d'archers qui remplaceront les gardes françaises pour accompagner madame Lescombat à la tour de la Conciergerie. Il est important que vous donniez de nouveaux éclaircissements aux juges ; peut-être est-il encore temps de sauver ce jeune homme...

— Je vous quitte, Mongeot, reprit l'organiste avec effort, il s'agit de votre grâce... Dès que je pourrai revenir... En attendant, mon ami, songez à Dieu, priez-le pour vous, pour le coupable...

— Pour Blanche, mon père, pour Blanche et mon enfant. Vous reverrai-je seulement ?... reprit-il avec un horrible serrement de cœur.

D'Aquin chercha les yeux du guichetier comme pour deviner le sort qu'on réservait au captif, mais Richard pressait le pas en le précédant. Un vent glacial, un vent d'hiver, gémissait sous ces voûtes peuplées de tombes, et qui cependant ne laissaient échapper aucun son de leurs profondeurs. Bientôt le jeune homme se vit seul, seul à côté de la misérable lampe qui éclairait ordinairement son cachot. Agité de milles pensées, en proie à ces terreurs qui ne manquent jamais d'assaillir l'esprit, à cette heure de silence où chaque souvenir se dresse devant vous comme un fantôme, il repassait en lui les terribles scènes de la journée, quand un coup sourd frappé au-dessus de sa tête le tira de sa torpeur léthargique. Le bruit continua ; il ressemblait à des pelletées de terre que pousse devant elle la bêche du fossoyeur. Mongeot, le cou tendu, écoutait encore avec une avidité inquiète, lorsqu'un des plâtres qui formaient la voûte du cachot s'affaissa soudain sous le poids d'un homme, qui roula à terre avec un gémissement étouffé.

— Vera-Crux ! s'écria Mongeot en courant au chevalier encore froissé de sa chute.

— Moi-même, mon cher..... Je ne m'attendais guère à vous rencontrer sur ma route. Pardonnez-moi de vous rendre ma visite sans m'être fait annoncer. Puisque vous voilà, vous allez m'aider.

Mongeot jeta sur lui un regard où se peignaient à la fois la rage et la stupeur. Le chevalier était sans habit, il portait une cravate roulée en guise de corde autour de son cou ; le ciseaux qu'il tenait, les traces de poussière et de sang qui souillaient ses mains, témoignaient assez des efforts qu'il avait dû faire en perçant la voute superposée pour arriver à ce cachot ou plutôt à cette cave qui aboutissait alors à la *geôle d'eau*. En voyant son rival dévaller ainsi jusqu'à lui, Mongeot ne fut pas maître d'un tressaillement de joie.

— Ah ! vous songiez à fuir, chevalier, dit-il en le regardant se relever avec effort. Le ciel est juste, il remet votre sort entre mes mains.

— Que voulez-vous dire ?

— Avec un seul cri, je puis vous perdre ; mais, rassurez-vous, je ne le pousserai pas ce cri ; partez, chevalier, fuyez, c'est ainsi que je me venge !

— Grand merci, mon cher, je reconnais là votre générosité ! mais il me vient une idée. Vous avez joué plus gros jeu que moi ; pour peu que le cœur vous en dise, mon parti est pris et je resterai à votre place. Cette issue aboutit à un passage certain vers la rivière. Je ne vous dis pas que dans ce tuyau de pierre où j'allais entrer la position soit commode, mais on n'a pas le droit au Châtelet de se montrer difficile. La nuit est venue ; tapi dans cet endroit, vous pourrez attendre le passage d'un coche d'eau, vous pourrez en vous cramponnant avec adresse aux aspérités du mur...

— Je ne fuirai point, répondit résolûment Mongeot, je ne profiterai point de l'offre d'un ennemi.

— Mais cet ennemi vous a fait assez de mal pour expier ainsi ses torts. S'il demeure à votre place, c'est que, plus coupable que vous, il méritait votre sort. Croyez-moi, je viens de voir entrer ici un certain mulâtre nommé *La Blancheur ;* il ne passe guère le guichet que pour cause... Votre arrêt d'ailleurs sera prononcé cette nuit même...

— Cette nuit ?

— C'est du moins ce que m'a dit Hubert en me souhaitant le bonsoir comme d'habitude... Vous êtes jeune, Mongeot, vous avez peut-être une mère, une famille, fuyez. Moi, je ne dépends que de moi seul, je n'ai point commis de meurtre, je puis rester.

— Rester ! dites-vous ? Oh ! oui ! rester avec elle pour la voir encore, lui parler, l'arracher à la mort peut-être ? Moi parti, vous iriez vous rouler aux pieds de l'infâme, vous prononceriez tous deux mon nom avec un rire étouffé. Vous voulez rester maintenant, je le conçois. Quatre mois et demi de sursis. oh ! vous aurez le temps d'implorer encore les juges en faveur de cette femme qui fonde sans doute un extravagant espoir sur sa beauté ; vous adoucirez sa captivité et ferez taire ses remords. N'est-ce donc pas vous qui avez fait entrer le premier dans mon âme les tourments du doute et du soupçon ? n'est-ce pas vous qui avez vendu le premier par un larcin le secret de notre amour à son mari ? n'est-ce pas vous enfin sur qui tout à l'heure encore j'eusse dû lever la pointe de ce couteau dont je voulais percer le sein de la perfide ? Chevalier de Vera-Crux, ah ! vous étiez digne de la femme que vous aimez ; mais pourquoi la fuir ? La mort ne vous menace pas comme moi ; restez près d'elle, restez !

Au ton d'ironie amère qui se faisait jour dans les dernières paroles de Mongeot, Vera-Crux leva le front.

— Je n'aime point cette femme, répond it-il d'une voix brève, je la méprise. Plus expert que vous à sonder ce cœur, je n'ai point remis follement la clef du mien à madame Lescombat. Nous autre roués, mon cher, nous savons évaluer à son taux une belle personne, mais nous présumons toujours si mal de sa vertu que rien ne peut nous surprendre après. Je tiens celle-là pour supérieure à la Dumesnil, elle vous a fait tuer Pyrrhus, et vous traite après comme Hermione traite Oreste. Vous avez vingt ans, voilà l'unique cause de tout ceci. Moi aussi, lorsque j'avais cet âge et que le soleil de l'Inde brûlait mon front, je croyais étancher la même soif aux mêmes fontaines, je croyais que l'amour était la seule passion dont on ne trahit pas l'enjeu. Parce que le paysage que je voyais était beau, parce que les tamarins environnaient ma prairie, que le fleuve roulait son sable d'or et que les nuits des tropiques ne m'apportaient que de chauds parfums, je ne songeais pas que, sous cette herbe émaillée comme un écrin par les colibris, se glissaient dans l'ombre d'odieux reptiles ; devant un ciel éthéré, je ne rêvais pas l'orage. Mon histoire est courte ; je fus d'abord amoureux et conséquemment dupé, puis joueur, puis ruiné, puis corrigeant le hasard comme tant d'autres. J'étais de flamme, je devins de pierre. J'eus soin de renfoncer dans mon cœur les moindres étonnements de la conscience, ma pensée ne rêva plus que le mal, j'en avais besoin pour me mettre au niveau de ceux que je fréquentais. Je me fis une morale et un code à part pour moi, mais ce que je me promis surtout, ce fut de rire de tout, même de la Grève, si je devais un jour m'y faire naturaliser Français. Grâce à ces principes, j'ai mené bonne vie, je puis mourir, le plomb des sentinelles peut me percer le cœur au sortir de ce passage, mais du moins je n'ai pas perdu mon temps comme vous, et c'est quelque chose. Pour votre maîtresse, croyez-moi, n'en parlons pas. Grâce à elle, me voilà compromis plus que jamais, et pour vous, il me semble que vous devez la haïr avec de meilleures raisons que moi. Donc, puisque vous ne voulez pas que je reste, partagez mon sort, fuyons! S'il prenait envie à ce diable d'Hubert de s'assurer par ses yeux si je dors là-haut et qu'il ne me trouvât pas!...

Cette phrase du chevalier fut interrompue par un grincement soudain dans la serrure du cachot. Vera-Crux pâlit, puis se glissant avec une merveilleuse agilité sous le lit du prisonnier :

— Ne me trahissez pas, dit-il, je compte sur vous.

La porte à lourdes serrures s'ouvrit, Richard rentra le visage plus pâle que de coutume, les traits mornes, décomposés. En apercevant le jeune homme la tête appuyée sur le bois de sa couchette, il murmura quelques paroles à voix basse...

— Si jeune! dit-il... ah! ils n'ont pas de pitié!

Et s'approchant du prisonnier qui tourna sur lui des yeux pleins d'une sereine douceur :

— Je venais vous apporter des dés, camarades. Si vous le voulez, je vous tiendrai tête jusqu'au jour.

— Pourquoi ne pas me laisser dormir, Richard ?

— Parce qu'il faut que vous soyez prêt de bonne heure. Vous allez changer de logement dans une heure.

— Elargi! oh! cela est impossible, dit le jeune homme en secouant la tête d'un air de doute.

— Voici un homme qui a le droit d'entrer ici, reprit Richard en ouvrant la porte à un personnage qu'il regarda par la grille à claire-voie de la prison. Simple formalité, rassurez-vous.

Mongeot ne put dissimuler un geste de répugnance à l'aspect du nouveau-venu; c'était un mulâtre obèse, dont la peau avait la couleur demi-bronzée que les peintres donnent au diable; il avait cinquante-cinq ans, c'était le premier aide de Samson l'exécuteur. Il s'en vint tout droit poser sa lourde main noire sur l'épaule du jeune homme. Mongeot poussa un cri faible et voulut le repousser.

— De la politesse, mon cher, cela sera bientôt fait, lui dit le mulâtre.

Et tirant une ficelle de la poche de sa veste, La Blancheur la développa et prit mesure du captif dans un silence effrayant. Ses yeux, d'un jaune mat, semblaient attachés sur ceux de Mongeot comme les yeux d'un chat-tigre. Il sortit, après avoir jeté sur Richard un coup d'œil significatif. Le guichetier l'éclairait déjà avec sa lanterne, quand La Blancheur, levant les yeux au plafond, fit sortir de sa vaste poitrine un immense éclat de rire.

— Voyez donc, voyez! dit-il au guichetier stupéfait.

Et il lui montrait du doigt la voûte entr'ouverte, la voûte par laquelle le chevalier venait de se frayer un passage.

— Miséricorde! s'écria Richard, que veut dire ceci? Vous avez dû voir le fugitif? continua-t-il en s'adressant à Mongeot.

Le jeune homme répondit à cette demande par son silence.

— Le renard n'est pas loin, reprit La Blancheur, je vais lui donner la chasse. Et il s'en fut droit au lit, d'où son bras de fer tira sans égard le chevalier.

— Eh! pardine, dit-il, voilà un homme bien fait! il a des boucles d'argent et des bas à coin d'or, comme un marquis!

— Appelez-le seulement chevalier, monsieur La Blancheur, reprit le guichetier en chef qui survint avec Hubert, dont l'inquiétude et le dépit ne se lisaient que trop sur tous ses traits. Monsieur le chevalier, rassurez-vous, nous savions votre projet; vous vouliez aller sur le coche : on vous fera suivre le fil de l'eau, on vous envoie aux galères.

— Aux galères! s'écria Vera-Crux en reculant. Et pourquoi?

— Parce que le roi de Portugal a demandé votre extradition. Vous vous êtes échappé pour trop longtemps des galères de Sa Majesté Très-Fidèle, et pourtant l'oubli est un peu fort, vous portez son estampille sur l'épaule, chevalier de Vera-Crux!

Et le guichetier en chef fit signe au mulâtre d'arracher la manche de chemise de Vera-Crux. La Blancheur, à ce nom seul, poussa un rugissement pareil à celui d'un lion qui étend son ongle sur sa proie, il montra la marque avec orgueil en disant :

— La superbe marque! c'est moi qui l'ai faite à Goa!

Le chevalier fut prêt à tomber en défaillance... Mongeot le regardait avec un dédain mêlé de pitié, il ne lui échappa qu'un mot devant une aussi horrible révélation.

— Et voilà, dit-il, l'homme qu'elle aimait, l'homme qu'elle eût épousé!

Vera-Crux, en le quittant, jeta sur lui un triste et dernier regard; sa pensée rapide avait sondé la distance infranchissable qui le séparait de Mongeot. Ce jeune homme avait tué par amour, et lui qu'était-il? un coquin de bas étage, un chevalier de coupe-gorges et de dés pipés. Il y avait, entre ce pâle criminel et lui, la différence d'un tragédien à un bouffon.

— Adieu, lui dit-il d'une voix étouffée; et se laissant mettre les menottes sans résistance, il suivit La Blancheur et Hubert, en levant les épaules. Pour Richard, il s'approcha de Mongeot quand le chevalier fut parti, et s'adressant à son prisonnier :

— Vous ne m'appartenez plus, jeune homme, lui dit-il, vous êtes à messieurs de la Conciergerie, ils vous attendent! Vous n'avez pas eu du moins à vous plaindre de moi!

Et conduisant Mongeot à l'aide de sa torche par les détours de ce labyrinthe souterrain, il en fit la remise, suivant l'usage, à deux officiers de la maréchaussée, dans la cour des Pailleux (1). Ils l'escortèrent bientôt, le sabre au poing, jusqu'à la tour de la Conciergerie.

XIV.

BLANCHE.

Roulé dans son manteau jusqu'aux yeux, le jeune homme sentit bientôt le froid de la rivière rafraîchir ses tempes; il traversa rapidement le pont qui le séparait du Palais-de-Justice, et passa bientôt sous le guichet de la tour. Un soupir profond s'échappa de sa poitrine en voyant la partie du bâtiment où l'on retenait les femmes à la Conciergerie; il ne détacha son regard de cet endroit qu'en se heurtant lui-même dans le brouillard avec un homme qui portait une pièce de bois sur son dos.

— C'est la croix de Saint-André, dit l'un des deux officiers à son camarade, voyez donc comme l'on fait bien les choses; les entailles en sont plus profondes que de coutume, et le charpentier les a espacées convenablement. Le patient doit être là-dessus à portée de ne pas souffrir.

Mongeot tressaillit, il venait de reconnaître le mulâtre. La Caboche (2) et le Petit Matelot, deux autres sous-aides de Samson, l'accompagnaient. En passant près du criminel, ils le toisèrent des yeux et regardèrent ensuite la croix, puis la barre que La Blancheur portait en main. Les yeux du jeune homme se voilèrent devant cette horrible vision, il n'en franchit pas

(1) C'était l'endroit où l'on mettait ceux des détenus pour dettes qui n'avaient pas le moyen de payer les chambres à pistoles. Ils couchaient dans de petites cabanes infectes, garnies de paille.

(2) Cabuchet, dit la *Caboche*, parce qu'il n'avait aucune intelligence, disent les Mémoires de Samson, était un gros lourdeau de Franc-Comtois, que des friponneries avaient fait renvoyer de la gabelle. Il était, à proprement parler, le goujat des deux autres aides *La Blancheur* le mulâtre, et le *Petit Matelot*, ainsi nommé, sans doute, parce qu'il avait ramé autrefois sur les galères royales.

moins avec courage les quinze à vingt degrés qui conduisaient à *la rotonde d'attente*, pièce humide dans laquelle on avait coutume d'enfermer les condamnés à mort. Cette sorte de loge conservait une foule de noms tracés dans le mur, soit avec le couteau, soit avec l'ongle des prisonniers; Mongeot les parcourut avec une horrible avidité. Plusieurs de ces noms étaient devenus presque historiques dans la mémoire du Parisien. Le jeune homme n'en reconnut aucun qui eût assassiné par amour et pour obéir au caprice sanglant de sa maîtresse. L'endroit où il se trouvait ne lui révélait que trop son malheur; il monta, rêveur, sur un banc placé au-dessous de la fenêtre à treillis de fer, qui laissait apercevoir les toits de la ville.

— Tout ce qui respire dans cette sentine de vices va bientôt, pensa-t-il, me jeter mon nom comme un opprobre au visage. Oh! ne pas traverser cette populace avec celle qui m'a perdu, monter seul sur ce fatal tombereau! Que fait-elle maintenant? Elle continue peut-être de nier, la misérable! Peut-être que le chevalet et les tortures...

Il s'arrêta glacé devant cette horrible idée... A travers les triples murailles de cette chambre, quel bruit eût pu arriver jusqu'à son oreille?

— Une si belle tête entre les mains du bourreau! Ces bras admirables serrés par les coins de la torture! Le marteau sur elle, le marteau!... Il se voila le front de ses deux mains, son œil lançait l'éclair, sa poitrine se soulevait.

— Ils ne la feront pas mourir! s'écria-t-il enfin. Oh! je mourrai seul, elle est trop belle! Je crois avoir entendu dire que la Brinvilliers ne l'était pas moins, et cependant, malgré sa peau blanche et douce, on lui fit subir la question de l'*entonnoir!* Il me semble vraiment que j'entends ici craquer des os... il me semble que cette voix, si douce autrefois à mon oreille, n'est plus que gémissement et blasphème contre Dieu! C'est l'enfer! l'enfer qui me brûle! Oh! je suis un lâche, j'ai livré une femme à la torture!...

Et il se jeta à genoux, le front contre terre en se tordant les bras de désespoir; il s'accusait d'avoir dit la vérité.

— Insensé! reprit-il bientôt avec un ressouvenir amer, insensé que je suis, ne leur a-t-elle pas dit qu'elle était grosse!

Cette pensée le conduisit bientôt à celle-ci : Que deviendra mon enfant?

— Mon enfant! reprit-il bondissant tout d'un coup, mais ce n'est plus à elle, c'est à la loi seule qu'il appartient! Oui, je ne le prévois que trop, s'il doit se trouver un jour quelque bouche façonnée de bonne heure à me maudire, ce sera la sienne; si mon nom doit être redit par quelqu'un comme un synonyme de sang et de honte, ce sera par lui! Mon Dieu! veillez sur lui, veillez sur l'orphelin qui naîtra marqué de cette tache de sang! Oh! si je savais, dans cette ville, une mère à qui je pusse confier un tel trésor! si Dieu m'envoyait un ange!

— Me voici, dit Blanche en se précipitant dans ses bras; Henri, je sais tout, mon oncle ou plutôt ton père, m'a tout dit... Il t'attend à la chapelle avec l'aumônier de la prison. Le serment que cette femme t'avait promis de tenir, Henri, ce sera moi, pauvre ami, qui le tiendrai; oui, j'élèverai ce fils qui eût dû être le mien, je le chérirai plus que ma vie, si le ciel me permet de vivre longtemps encore après toi... pour lui... pour lui seul!

— Quoi! tu me pardonnerais! reprit-il avec transport, tu prendrais soin de lui, tu ne lui apprendrais pas à me maudire?...

— Je me vengerai de toi, Henri, en lui faisant répéter ton nom et le mien; ces noms qui ne seront point unis devant les hommes, mais que ta mort unira bientôt, hélas! devant Dieu. Oh! va... ne crains pas que je lui parle jamais de sa mère!...

L'entourant alors de ses deux bras avec amour, la jeune fille étancha la sueur glacée qui ruisselait de son front. Mongeot croyait rêver, il avait oublié jusqu'à cet instant solennel de séparation; il échangea longtemps de douces paroles avec elle... Le jour était venu et de larges bandes d'un ton rougeâtre environnaient l'horizon. Il la suivit bientôt, escorté de deux portes-clés du Palais, jusqu'à la chapelle. Là, en présence de l'aumônier, il prit le ciel à témoin qu'il mourrait heureux si Dieu donnait assez de force à Blanche pour vivre après lui; il institua d'Aquin le tuteur de son enfant, devant le prêtre. L'organiste venait d'entraîner Blanche au moment de la toilette du condamné, et après l'acte de jugement lu par le greffier, quand on entendit au dehors les cris furieux de la foule :

— Votre bénédiction après celle du prêtre, mon père, dit Mongeot au pâle vieillard. Je meurs en pardonnant à celle qui me fait mourir!

. . . .

Le reste de cet épisode appartient à l'histoire. Ce qu'on ignore seulement, peut-être, c'est que le tombereau qui transportait le patient à la *Croix-Rouge*, pour s'y voir rompu vif, fut une heure et demie à descendre le pont Saint-Michel, la rue Saint-André-des-Arcs, la rue de Bussy et celle du Four-Saint-Germain. Ce fut La Blancheur qui, en l'absence de l'exécuteur des hautes-œuvres, son maître, retenu chez lui par suite d'une grave foulure au bras, étendit sous la roue l'amant de la Lescombat. Par un hasard cruel, et qui fit murmurer le peuple, les cordes qu'on lui avait passées aux pieds et aux mains pour l'attacher aux solives de la croix, étaient trop courtes; il fallut aller jusqu'à Saint-Germain-des-Prés en chercher d'autres. Le cadavre demeura deux jours ainsi plié sur la roue, exposé aux yeux de la multitude, jusqu'à ce que la neige qui vint à tomber forçât de le retirer avant l'expiration du troisième jour. Les cabaretiers qui conservent encore aujourd'hui, à l'angle de cette place, l'enseigne de la *Croix-Rouge* au-dessus de leur boutique, vendirent ce jour-là du vin si frelaté qu'il en fut dressé procès.

Deux mois après ceci, la Lescombat, n'ayant plus de prétexte pour retarder l'heure de son supplice, fut exécutée, par arrêt du parlement, mais non à cette place, car elle fut pendue en Grève, après avoir subi la question ordinaire et extraordinaire. Le soir même, il se distribua dans Paris un petit imprimé portant : *Oraison funèbre de très-haute et très-puissante dame Marie-Catherine Taperet, douairière de Louis-Alexandre Lescombat*. L'imprimé avait vingt pages, et l'on soupçonna Morande de l'avoir écrit à sa louange. Il était emphathique et mal écrit. Après le supplice de Mongeot, on aura peine à croire, malgré l'attestation de certains Mémoires, qu'elle ait dit, en traversant la place de la Croix-Rouge avec les archers qui la reconduisaient dans sa prison, et à la vue du corps plié en deux : *Ils lui ont mis la tête à ses pieds!* et qu'elle ait fait jouer froidement son éventail.

Ce qu'il y a de moins douteux, c'est qu'un an s'était à peine écoulé depuis ce double supplice, lorsque le carrosse de Dijon amena dans cette ville une jeune fille avec un enfant qu'elle portait. L'homme qui l'accompagnait frappa, rue de l'Écu, à la porte d'une maison de maigre apparence; il en sortit une vieille femme aussi ridée que la mère du Titien, dans son admirable tableau. La vieille femme regarda avec stupeur la jeune fille.

— Vous pleurez votre enfant, dit Blanche, votre enfant que la justice des hommes vous a ravi; voici le sien! Henri m'avait légué ce cher trésor; j'ai voulu qu'avant de mourir vous bénissiez l'enfant de Henri!

La vieille baisa l'enfant sur le front avec un sourire d'amertume et de tendresse; elle le considéra longtemps, il avait les traits de Mongeot, seulement ses petites mains tremblaient d'un frisson continu... Il était du reste admirablement beau, et plus tard Augustin en fit le portrait, à la prière de l'organiste. Cette miniature fut trouvée, après la mort d'Aquin, dans un les tiroirs de sa chambre : il y avait ce nom écrit au-dessous: *Henry ;* et cette date : 1755. Blanche d'Aquin ne s'était pas mariée ; elle mourut avant son oncle, en lui confiant l'orphelin qui lui survécut de bien peu. Il n'y eut que le lieutenant-criminel instruit à fond de l'histoire. On répandit le bruit, dans le peuple, que le fils dont la Lescombat était accouchée dans sa prison avait été clandestinement embarqué sur un vaisseau faisant voile pour les Antilles. ROGER DE BEAUVOIR.

LETTRES DE LA LESCOMBAT.

PREMIÈRE LETTRE.

« Songe, mon cher ami, à ce que tu m'as promis. Tu m'as juré, par tout ce qu'il y a de plus sacré, de me défaire de mon époux. Je me repose sur toi du soin de ma vengeance... Ciel ! je vais donc être bientôt libre... je vais donc être vengée... j'aspire à cet instant plein de charmes pour moi. Prends bien ton temps. Songe qu'il y va de ta vie et de la mienne. Vois jusqu'où va ma fureur... si tu ne te sens pas assez de fermeté pour me servir, avoue-le-moi ; il est d'autres moyens que je mettrai en usage pour me délivrer d'un barbare toujours occupé à augmenter mes malheurs... Je ne suis que rage. L'enfer est dans mon cœur. Rien n'est sacré pour moi... Ah ! si tu connaissais le cœur d'une femme outragée, persécutée, désespérée, tu exécuterais bien promptement l'ordre dont je t'ai chargé... que j'apprendrai avec plaisir la mort de mon époux ! avec quelle joie je verrai son meurtrier ! jamais tu n'auras paru si aimable à mes yeux ; mais, hélas ! les craintes que tu m'as déjà fait voir m'en annoncent de nouvelles...

« Non, tu n'auras pas le cœur de me satisfaire. Tu appréhendes de perdre le peu d'instants qui forment le cours de notre vie : voilà ce qui te retient... Tu ne m'as jamais aimée... Tu n'as jamais senti pour moi ces saillies impétueuses que l'amour inspire... Je n'ai jamais lu dans tes yeux cette ardeur que l'on peut cacher, et qui annonce combien le cœur est enflammé... Que je suis malheureuse de t'avoir connu !... Tu m'as séduite. Je coulais mes jours dans l'indifférence. Tu es venu me tirer de la léthargie dans laquelle j'étais plongée. Tu as su, par tes discours flatteurs et par mille soins prévenants, gagner mon cœur. Tu m'as forcée de t'avouer ma défaite. Tu as triomphé de mes caprices, de ma résistance, de mon devoir... si je m'étais abandonnée à tout autre qu'à toi, mon époux ne serait déjà plus... Crois-tu donc m'intimider par tes vaines clameurs ? Tu me fais une image horrible des tourments que subissent les criminels. Tu me dépeints avec force toutes les horreurs qui accompagnent les derniers moments de ces malheureux. Tu veux que je me transporte en idée dans une place publique, et que je t'y voie expirer sur l'échafaud. Tu me menaces même de cette mort. Tu m'apprends que tu n'aurais pas le courage de résister aux tourments qu'on me ferait endurer ; que tu m'avouerais ta complice... N'importe, poursuis, ne t'embarrasse point du soin de mes jours ; ils me seront odieux, si mon époux vit ; j'en fais volontiers le sacrifice, pourvu que je sois rassasiée du sang barbare que je déteste... C'est assez t'en dire... que ne vas-tu, malheureux, dès à présent, me dénoncer à la justice ?... je te crois capable de tout... Cependant... si tu veux remplir mes vœux, si tu secondes mes desseins, si je te vois couvert du sang de mon époux, attends tout de moi. Je donnerai mille vies pour toi ; tu seras toujours le dieu de mon cœur : on n'aura jamais tant aimé que je t'aimerai. »

DEUXIÈME LETTRE.

« C'en est fait, monsieur, je vais me réconcilier avec mon mari. Je vais me jeter à ses genoux, et lui avouer tous les horribles desseins que mon cœur renfermait. Je veux l'aimer autant qu'il doit me détester.

« J'avais compté sur vous. Je vous aurais cru capable de tout entreprendre pour moi ; vous m'aviez tant de fois juré que je pouvais disposer de vous. J'avais été crédule pour ajouter foi à vos dehors trompeurs : faut-il que j'aie aimé un homme tel que vous ? j'en rougis, et c'est une faute que je ne me pardonnerai jamais. Je vous ai préféré à tous vos rivaux, qui n'étaient pas en petit nombre... J'ai tout méprisé, tout rejeté pour toi, perfide... J'ai cherché toutes les occasions de te prouver de mille façons mon attachement extrême... Que n'ai-je pas souffert par rapport à toi ?... N'est-ce pas pour toi que j'ai rompu avec mon mari ?... N'est-ce pas pour toi que j'ai renoncé à tout ce que le monde m'offrait de plus séduisant ?... Je t'ai fait le sacrifice de mon repos, de mon honneur, de mes charmes... Si j'avais possédé une couronne, aurait-elle été pour un autre que pour toi ?... Par quelle fatalité as-tu donc pu me subjuguer, moi, qui n'ai fait aucun cas des conquêtes les plus brillantes ?...

Croira-t-on jamais qu'un homme qui régnait sur mon âme, et qui m'assurait que je régnais sur la sienne, ait refusé de me délivrer de mon plus cruel ennemi ? Tu as causé tous mes malheurs, tu m'as conduite pas à pas dans l'abîme ; et lorsqu'il faut un coup d'éclat pour m'en retirer tu recules...

« Au reste, c'est toujours beaucoup pour moi de connaître le fond de ton cœur !... qu'il est méprisable !... que je vais haïr les hommes !... Ne viens pas t'offrir davantage à mes regards ; ne viens pas me proposer le secours de ton bras : je serais déshonorée à mes yeux, si j'acceptais tes offres... Tu n'es qu'un monstre, qu'un barbare... Quel bonheur pour moi, si je peux oublier qne j'ai répondu à tes soupirs, que je t'ai rendu tendressse pour tendresse, que je me suis livrée à toi sans aucune réserve... Cette idée seule me tue... Autant nous avons été amis, autant nous devons être ennemis... Fatal pouvoir de mes attraits, sur quel objet indigne as-tu agi ?... Je t'écris pour la dernière fois. Puissent tous les malheurs t'accabler ensemble ! tu ne peux souffrir autant que tu le mérites. Que je suis glorieuse d'avoir su me détacher de toi, de t'avoir rendu justice, et de t'abhorrer pour toujours !... mon mari vivra donc !... Ah ! pensée qui m'anéantit... je serai donc obligée de voir toujours celui que j'ai trahi tant de fois... et pour qui ! pour toi, traître, pour toi qui devrais te faire un devoir, une gloire de l'immoler... Ah ciel, quel funeste sort m'attend ! que je vais traîner une vie affreuse !.. Mon plus grand tourment sera de songer à toi, de penser que j'ai été assez faible pour te donner mon cœur... Hélas ! tu le possèdes encore ; je ne le sens que trop aux mouvements confus qui m'agitent... Rends-toi donc digne de sa possession. Cours... vole, vole assassiner mon mari ; ne va pas combattre avec lui. Le sort des armes est incertain. Qu'il meure, c'est tout ce que j'exige...

« Je ne suis qu'une femme, et j'ai cent fois plus de courage que toi. »

FIN.

Paris. — Typ. Gaittet, rue Gît-le-Cœur, 7.

www.ingramcontent.com/pod-product-compliance
Ingram Content Group UK Ltd.
Pitfield, Milton Keynes, MK11 3LW, UK
UKHW021955260726
13994UKWH00004B/1760

9 782329 432595